中华复兴之光
精彩戏剧表演

古典戏剧精品

王 丽 主编

汕头大学出版社

图书在版编目（CIP）数据

古典戏剧精品 / 王丽主编. -- 汕头 ：汕头大学出
版社，2017.1（2023.8重印）
（精彩戏剧表演）
ISBN 978-7-5658-2874-4

Ⅰ．①古… Ⅱ．①王… Ⅲ．①古典戏剧－剧本－作品
集－中国－古代 Ⅳ．①I230

中国版本图书馆CIP数据核字(2016)第325500号

古典戏剧精品　　　　　　　　　　　GUDIANXIJUJINGPIN

主　　编：王　丽
责任编辑：汪艳蕾
责任技编：黄东生
封面设计：大华文苑
出版发行：汕头大学出版社
　　　　　广东省汕头市大学路243号汕头大学校园内　邮政编码：515063
电　　话：0754-82904613
印　　刷：三河市嵩川印刷有限公司
开　　本：690mm×960mm 1/16
印　　张：8
字　　数：98千字
版　　次：2017年1月第1版
印　　次：2023年8月第4次印刷
定　　价：39.80元
ISBN 978-7-5658-2874-4

前言

　　党的十八大报告指出："把生态文明建设放在突出地位，融入经济建设、政治建设、文化建设、社会建设各方面和全过程，努力建设美丽中国，实现中华民族永续发展。"

　　可见，美丽中国，是环境之美、时代之美、生活之美、社会之美、百姓之美的总和。生态文明与美丽中国紧密相连，建设美丽中国，其核心就是要按照生态文明要求，通过生态、经济、政治、文化以及社会建设，实现生态良好、经济繁荣、政治和谐以及人民幸福。

　　悠久的中华文明历史，从来就蕴含着深刻的发展智慧，其中一个重要特征就是强调人与自然的和谐统一，就是把我们人类看作自然世界的和谐组成部分。在新的时期，我们提出尊重自然、顺应自然、保护自然，这是对中华文明的大力弘扬，我们要用勤劳智慧的双手建设美丽中国，实现我们民族永续发展的中国梦想。

　　因此，美丽中国不仅表现在江山如此多娇方面，更表现在丰富的大美文化内涵方面。中华大地孕育了中华文化，中华文化是中华大地之魂，二者完美地结合，铸就了真正的美丽中国。中华文化源远流长，滚滚黄河、滔滔长江，是最直接的源头。这两大文化浪涛经过千百年冲刷洗礼和不断交流、融合以及沉淀，最终形成了求同存异、兼收并蓄的最辉煌最灿烂的中华文明。

五千年来，薪火相传，一脉相承，伟大的中华文化是世界上唯一绵延不绝而从没中断的古老文化，并始终充满了生机与活力，其根本的原因在于具有强大的包容性和广博性，并充分展现了顽强的生命力和神奇的文化奇观。中华文化的力量，已经深深熔铸到我们的生命力、创造力和凝聚力中，是我们民族的基因。中华民族的精神，也已深深植根于绵延数千年的优秀文化传统之中，是我们的根和魂。

中国文化博大精深，是中华各族人民五千年来创造、传承下来的物质文明和精神文明的总和，其内容包罗万象，浩若星汉，具有很强文化纵深，蕴含丰富宝藏。传承和弘扬优秀民族文化传统，保护民族文化遗产，建设更加优秀的新的中华文化，这是建设美丽中国的根本。

总之，要建设美丽的中国，实现中华文化伟大复兴，首先要站在传统文化前沿，薪火相传，一脉相承，宏扬和发展五千年来优秀的、光明的、先进的、科学的、文明的和自豪的文化，融合古今中外一切文化精华，构建具有中国特色的现代民族文化，向世界和未来展示中华民族的文化力量、文化价值与文化风采，让美丽中国更加辉煌出彩。

为此，在有关部门和专家指导下，我们收集整理了大量古今资料和最新研究成果，特别编撰了本套大型丛书。主要包括万里锦绣河山、悠久文明历史、独特地域风采、深厚建筑古蕴、名胜古迹奇观、珍贵物宝天华、博大精深汉语、千秋辉煌美术、绝美歌舞戏剧、淳朴民风习俗等，充分显示了美丽中国的中华民族厚重文化底蕴和强大民族凝聚力，具有极强系统性、广博性和规模性。

本套丛书唯美展现，美不胜收，语言通俗，图文并茂，形象直观，古风古雅，具有很强可读性、欣赏性和知识性，能够让广大读者全面感受到美丽中国丰富内涵的方方面面，能够增强民族自尊心和文化自豪感，并能很好继承和弘扬中华文化，创造未来中国特色的先进民族文化，引领中华民族走向伟大复兴，实现建设美丽中国的伟大梦想。

目　录

桃花扇

　　《桃花扇》是我国四大悲剧故事之一，它通过男女主人公侯方域和李香君的爱情故事，再现了明末时期南明王朝历史，是一部对后世影响很深的历史剧。

　　《桃花扇》这部剧作是由清代剧作家孔尚任历经十余年艰苦创作，三易其稿才写成。《桃花扇》故事材料真实、情节生动、人物形象鲜明，它从深度和广度反映了社会现实，具有很高艺术表现力，以及深刻史学意义和欣赏价值。

　　《桃花扇》作为一部成熟的传奇悲剧历史剧，在历史真实与艺术相结合方面取得巨大成功，是古典历史剧创作的典范。

孔尚任感叹兴亡作《桃花扇》

那是在清代初期，有一个读书人叫孔尚任，他非常有才华。后来，孔尚任考上了进士，在他37岁那年做了官，但是他并不适应官场生涯，很快便选择了隐居，开始闭门著书。

据说，孔尚任37岁以前在家过着养亲、读书的生活，在此期间，他接触了一些南明遗民，了解许多南明王朝的第一手史料。

还有，孔尚任在这一时期阅读了明末散文家侯方域的散文作品。侯方域尤以传记散文见长，他的作品《李姬传》，歌颂了明末秦淮名女李香君明大义、辨是非，不阿附权贵的高尚品德。

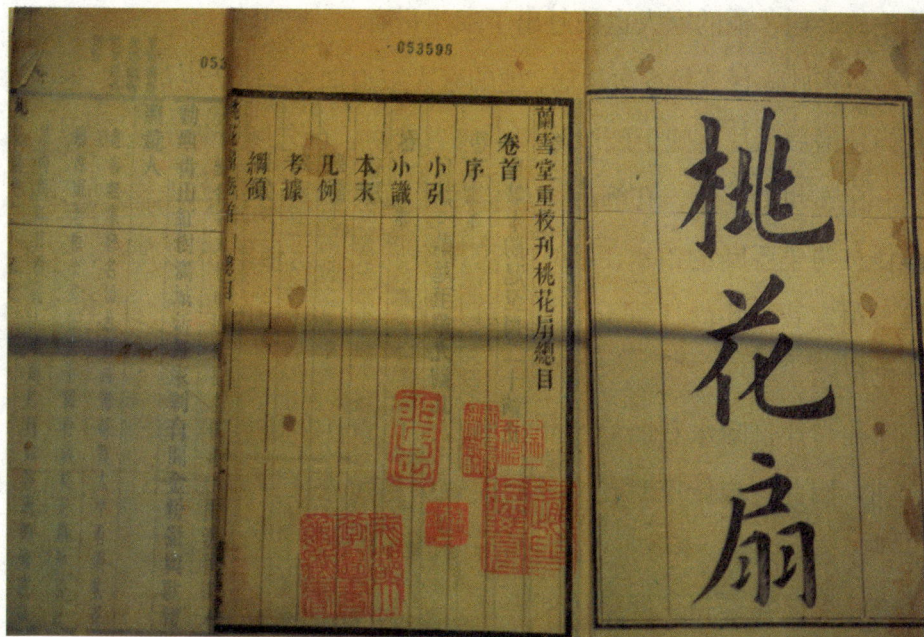

孔尚任对这部《李姬传》感触很深，他又通过明察暗访，对明末江南歌女李香君的忠贞之事了解很深。后来，孔尚任萌发出改编《李姬传》的想法，这一时期，他又对南明王朝兴亡历史剧有浓厚兴趣，于是他就开始了对《李姬传》的改编。

孔尚任将改编后的《李姬传》命名为《桃花扇》，他还对《桃花扇》进行了初步构思和试笔，当时只是勾画出轮廓，并没有进行实质性创作。

在1684年，孔尚任被破格提拔为国子监博士。两年后，孔尚任又受封钦差大臣，他奉命跟随工部侍郎孙在丰前往淮扬一带治理水利。

孔尚任带着《桃花扇》初稿，举家十余人来到淮扬辅助工部侍郎治水，船至泰州当日，泰州知州施仕伦率一行官员早已经在码头恭候，施仕伦将孔尚任全家安顿在州府内，并对他礼遇有加。

到泰州后，孔尚任很想有所作为，回报皇恩，他廉洁奉公，甚至亲自探望各个河工，与民同苦。然而不久，孔尚任却受到泰州知州施仕伦的冷遇，他的家人也被赶出了泰州州府。

后来孔尚任连续5次迁居，他的家人被迫回乡、仆从也都被辞退了。孔尚任最后孤身落魄于破旧陈庵，典当衣物、行乞度日等待圣命。

在泰州的3年，孔尚任不仅尝尽生活艰辛，也尝尽世态炎凉。孔尚任在纷争不断的治水工程中，可谓有职无权，他既不想腐败，又不能举锤定音。孔尚任急于效忠，可是他又不懂官场的表现，以致令施仕伦反感。

孔尚任目睹水利僵局感到很痛苦，他索性将满腔苦衷寄怀于赋诗作曲。因此，施仕伦对孔尚任的误解更是加深了，施仕伦认为孔尚任是个不能办大事、不务正业的书呆子，最终导致孔尚任一步步走向困境。

孔尚任在泰州落魄的生活经历，促使他迈向了文学殿堂，职悬泰州的他又想起藏于枕中的《桃花扇》，他决定重新修改《桃花扇》。

透过大清王朝瑞气蓬蓬的表象，孔尚任却看到令他痛心的另一面，他希望假借《桃花扇》剧中误国亡朝的事实，用于提醒大清朝廷，不要重复南明的悲剧。

幸运的是，孔尚任在泰州3年，虽然遭遇施仕伦压迫，但是却与

很多仁人志士私交很好。这些仁人志士大多是前朝遗民，这些遗民掌握了丰富的史实资料，在得知孔尚任准备写有关南明戏曲后，他们都乐意帮助孔尚任，他们提供了很多与前朝有关的秦淮艳闻和南明遗闻逸事，还帮孔尚任商讨修改剧本。

其中，泰州名士俞锦泉是促成《桃花扇》完成的关键人物。俞锦泉精通昆曲艺术，他是孔尚任的良师益友。俞锦泉不仅能登场演出戏剧，他还亲自执教培养了一个家庭昆班，伶人多达数百人。这些伶人都是女演员，常在俞锦泉府中渔壮园演出。甚至俞锦泉还帮孔尚任修改排演《桃花扇》。

在这样良好的艺术环境下，孔尚任成功改写了定型性的《桃花扇》二稿，并且在泰州俞府进行了私密性首演。孔尚任在创作《桃花扇》的过程中，其思想感情是复杂的，他一直处在儒与道、仕与隐、颂圣、救世与遁世的矛盾中。

孔尚任有自己的主见和独立人格，他通过惊人魄力突破了矛盾和禁区，以现实主义的大手笔，出色地构思爱情纠葛与政治浪潮相互交织的剧作，展示了广阔的历史背景和社会内容，使《桃花扇》成了一部不朽的悲剧名著。

孔尚任在其创作《桃花扇》的过程中，也经历了官场从盛到衰的过程，他决心励精图治，却又遭遇到排挤，正是当时社会忧患时政，加上孔尚任感慨历史兴亡盛衰，奠定了《桃花扇》体现国仇家恨的悲剧思想，这是一部影响很深的历史剧。

后来，《桃花扇》成为京剧、黄梅戏、昆曲等多种戏曲的重要剧目，清代很多戏曲艺人都以出演《桃花扇》的角色为荣，这部戏也深受当时人们喜爱。

在1684年，康熙皇帝到孔林朝拜孔子墓。在当时，猪、牛、羊三牲已供桌上摆好，地上黄毡也已铺就，香雾袅袅，烛光晃晃，一切都已准备停当。

这时皇帝在前，文武百官在后，准备祭祀。当康熙走到孔子墓前准备跪拜时，发现墓碑上的字是："大成至圣文宣王之墓"，他便尴尬地站在那里，接着，祭祀的鼓乐奏起，康熙帝皱了皱眉，仍站着不拜，众人全都愣住了。

这时，《桃花扇》的作者、孔子第六十四代孙孔尚任立刻明白了其中道理。原来，皇帝是只拜师不拜王的。于是孔尚任便马上叫人拿来一匹黄绸，把碑文中的"文宣王"盖住，并添上"先师"两字，成为"大成至圣先师"。

康熙帝一看，马上开始祭拜。由此可见，《桃花扇》的作者孔尚任是非常机智的，他的聪明才智也在桃花扇中的很多剧情中体现出来。

《桃花扇》背景与悲剧内涵

　　悲剧《桃花扇》历史背景非常特殊，那是在明代末年，凤阳总督马士英在南京拥立福王为皇帝，取年号"弘光"，建立南明。

　　这一时期时局十分动荡，在明末崇祯皇帝时，东林党人曾经享入阁待遇。后来东林党人失败了，继之而起是一群复社青年的活动，他们以诗文方式讥讽议论朝政，在历史危亡之际表现出充分政治热情和忧患意识。

　　后来在危急时刻，被举立为弘光皇帝的福王还在排演阮大铖的《燕子笺》传奇。同时，反对马士英、阮大铖集团，呼吁复社的文人侯方域、左良玉等人也遭到搜捕，而《桃花扇》反映的就是这

段史实。

《桃花扇》是明代末期，反映南明一代的历史剧，内容写的是侯方域与秦淮名妓李香君的爱情故事。由于是历史剧，主人公侯方域和李香君的故事都是明末清初的真人真事。

侯方域，字朝宗，是明末户部尚书侯恂之子，祖父及父辈都是东林党人。侯方域少年时已经有才名，与东南名士交游，并参加继东林党人之后的爱国文学社团。这些参加复社的青年大都出于明末官宦之家，各个都有才华有气节，在当时合称为"复社四公子"，也叫"金陵四公子"。

"金陵四公子"分别是侯方域、方以智、陈贞慧和冒辟疆。其中，侯方域和陈贞慧交往颇深。入清代后，侯方域曾参加顺治时期科举考试，应河南乡试为副贡生，不过晚年后悔此举，著有《壮悔堂文集》用以明志。侯方域擅长散文，他以写作古文雄视当世。他早期所作文章较浅薄，

功力不深，后期日趋成熟。

还有，感伤历史兴废更替是悲剧《桃花扇》一大主题，正所谓"借离合之情，写兴亡之感"。历史上有许多感叹民族兴亡的作品，而古典悲剧《桃花扇》堪称把这一主题抒发得最为痛快，它是把爱情主题镶嵌在历史背景中凸现出来的。这也是《桃花扇》在我国文学宝库中光芒闪耀的原因。

《桃花扇》成形时期，正是清初考据学极盛时期，因此影响了作者忠于历史的态度，剧本所写一年中重大历史事件的精确甚至可以考证到某月某日，但由于并不是历史书籍，剧中又加入故事情节，使得当事人的爱情富有浪漫传奇的人情味。

《桃花扇》艺术特色主要有 3 个方面。第一，做到了历史真实与艺术真实的统一，剧中人物、事件均具有很大程度的历史真实性等。剧作较为真实地展现了这一时期的历史背景。

　　而且,《桃花扇》全剧所写人物,共有39人在历史上确有其人。同时,《桃花扇》不拘泥于历史,作出必要的艺术加工与提炼。

　　第二,侯方域忠于爱情,一开始就是真心对待香君的。两人定情后,侯方域成了典型多情公子,这在《逢舟》《题画》中表现尤为突出。

　　第三,是戏剧结构严谨。该剧以道具桃花扇为贯穿全剧的线索,以中间人物穿针引线,借男女主人公的离合之情写作者自己的兴亡之感。

　　《桃花扇》剧从侯方域、李香君以桃花扇定情开始,侯方域、李香君由此分离,线索一分为二。通过侯方域这一线索,引出史可法拥立福王等内容。

　　通过李香君这条线索,又引出福王、马士英、阮大铖等人物,写出他们偷安宴游的内容。其中,两线虽分,但又用香君面血溅扇,由杨文聪点染后寄扇,侯方域接扇后寻找香君的情节使两条线索不分不离,相互照应。

　　最后,侯方域、李香君分别逃出,《桃花扇》两个主人公重新相会栖霞山,两条线索又合二为一。但是因为张道士启示,侯方域、李香君双双入道,而桃花扇则被张道士撕碎于斋坛之上。

　　就整个剧作看,线索经历

了"合""离""合"3个阶段，而作者正是巧妙地通过男女主人公的离合之情，传达出所谓的兴亡之感。

这种艺术手法充分显示了孔尚任戏剧创作才华，也使得《桃花扇》情节更加生动逼真和感人，正是别致的艺术特色和思想内容,《桃花扇》才会兴盛不衰。

在《桃花扇》中，孔尚任表彰李香君，就必须维护侯方域，以入道作为悲剧的结局，便是作者对侯方域正面形象的肯定，这也是孔尚任潜在民族感情的一种表现。

隐与道的结合，原本是元明时期戏曲创作主题之一。孔尚任借"林泉丘壑"的传统意境为《桃花扇》的政治主题服务，创造性地在第四十出《入道》，以后又增写了续四出《余韵》，巧妙地通过山林隐逸的描绘，大发故国之思。

《桃花扇》剧中一套北曲，是抒发作者感情的重要词曲，词曲记载道：

俺曾见金陵玉殿莺啼晓，秦淮水榭花开早，谁知道容易冰消。眼看他起朱楼，眼看他宴宾客，眼看他楼塌了。这青苔碧瓦堆，俺曾睡风流觉，将五十年兴亡看饱。

那乌衣巷不姓王，莫愁湖鬼夜哭，凤凰台栖枭鸟。残山梦最真，旧境丢难掉，不信这舆图换稿。诌一套哀江南，放悲声唱到老。

这不仅诉说了舆图变色的痛楚，而且宣泄了强烈的民族情绪，提升了《桃花扇》的美学意义。

孔尚任在《桃花扇》的创作过程中运用历史题材，总结国家兴亡的历史教训，创作了一部传奇历史剧作，成为清代传奇戏剧的压卷之作。《桃花扇》作为一部成熟的传奇历史剧，是古典历史剧的创作的典范。

《桃花扇》通过复社文士侯方域与秦淮名女李香君的爱情始末，串演了南明弘光王朝的历史，可谓一部结构宏伟的历史悲剧，融艺术性和思想性于一炉，对我国戏剧发展影响很深。

《桃花扇》中爱情故事包含着家国兴亡之感和人生悲剧之感两重意义。前者是后者基础和例证，后者是前者宗教和哲学的引申和归纳，具有很高艺术成就。

《桃花扇》艺术成就，首先是丰富多彩的人物塑造。《桃花扇》人物个性鲜明，决不重复。

《桃花扇》中塑造了众多人物形象，上自帝王将相，下至艺人歌妓，有姓名可考者就达 39 人之多。这些人物之间既有主次之分，也有褒贬之别，即使是同一部的人物，作者也注意写出其性格差异。

如马士英和阮大铖，一个贪鄙而无才略，一个却狡猾而富有才情；柳敬亭和苏昆生同是江湖艺人，一个机智、诙谐而锋芒毕露，一个憨厚而又含蓄。无论是主要人物，还是起陪衬作用的次要人物，作者都精心设计，细笔勾勒。

《桃花扇》的结构艺术可谓精美绝伦。全剧以主要人物的爱情悲欢作为铺演全剧情节的基点，分上、下两本，侯方域一线连接史可法、江北四镇，以及驻扎在武昌的左良玉；李香君一线则以南京为中心，牵动弘光王朝及朝臣和秦淮歌妓艺人。虽然情节起伏多变，结构却浑

然一体，不枝不蔓。

全剧以典型道具为贯穿主线，情节纷繁复杂，却以侯方域和李香君的定情物桃花扇贯串始终，一线到底。孔尚任在他所写的《桃花扇凡例》中说：

剧名《桃花扇》，则桃花扇譬则珠也，作《桃花扇》之笔譬则龙也。穿云入雾，或正或侧，而龙睛龙爪，总不离乎珠。

可见，桃花扇经历了一个从赠扇、溅扇到画扇、寄扇，最后撕扇的过程，由此串联起各色人物和诸多事件。

全剧还以中介人物作为联结正邪双方的纽带，这个中介人物就是杨龙友。从身份上说，杨龙友既是马士英的亲戚，阮大铖的盟弟，又是侯方域的好友。从立场上说，杨龙友与阮大铖类似，但与之又有不同，他有怜香惜玉之心，有时也会良心发现。

杨龙友身份和性格上的双重性，这也使他左右逢源，往返于尖锐矛盾的两派人物之间，在人物关系中起着穿插的作用。

此外，《桃花扇》在体制上颇有创新。在全剧正文40出以外，孔尚任特意添加了4出戏，上本开头试一出《先声》，下本开头加一出《孤吟》，代替副末开场，这是上下本的序幕；上本末尾闰一出《闲话》，是上本的小收结，下本末尾续一出《余韵》，是全本的大收结。

这4出戏各有起讫，又统一连贯，揭示出"那热闹局就是冷淡的根芽，爽快事就是牵缠的枝叶"的哲理，表达了孔尚任对历史上盛衰兴亡逆转的深刻认识。

最后，典雅亮丽的语言风格成为该剧最大的艺术成就。《桃花扇》曲词刻意求工，典雅亮丽，以淋漓酣畅，悲凉沉郁见长。说白整练自然，雅饬顺畅，均极见功力，是一部古往今来的难得之作。

《桃花扇》一剧形象地刻画出明代末年的情景，我国各代王朝的灭亡实际和明代是如出一辙，"以史为鉴，可以知兴亡"，剧本脱稿后立即引起社会的关注，经常在舞台上演出。

《桃花扇》在刻画人物性格方面，是我国戏曲史上无与伦比的杰作，有很高艺术成就和民族主义精神。《桃花扇》如今已成为古典戏曲的压卷之作，是我国的四大悲剧之一，具有非常高的文学地位。

"桃花"是清代戏曲家孔尚任《桃花扇》中的一个重要意象，其作用不言而喻，但自古诗文中桃柳不相离，《桃花扇》也不例外，"柳"也是《桃花扇》的一个重要线索。"柳"在整部书中共出现了82处，作用和含义很多。

其中，"柳"担任了对剧中人物塑造。一个明显的"柳"就是柳敬亭。柳敬亭是明末清初著名的说书艺人。《桃花扇》中也体现了柳敬亭的口才，非常幽默诙谐。

此外，"柳"这样一个自然事物，也映射出社会，并和兴亡之感相连。如"柳"多次暗示了南京、扬州等地名。

知识点滴

李香君宁死不屈的忠贞爱情

　　李香君是《桃花扇》剧中光彩照人的正面形象，她色艺非凡，身为秦淮女子，却出污泥而不染，注重气节，很有政治远见。

李香君和侯方域的结合，很大程度是反映在她爱憎分明的性格上，《却奁》一出，歌颂了她鲜明的特点和刚烈性格。

但是，《桃花扇》女主角李香君的不幸遭遇也就由此开始，她的刚烈性格也越来越鲜明。田仰强娶，李香君拒绝媒婆守在楼上，血染桃花扇；福王选女，她不畏强暴，怒骂阮大铖。

如果说《守楼》这出戏主要表现李香君对爱情的坚贞，那么《骂筵》则说明她已经成为正义的化身来鞭挞邪恶。在李香君身上，坚贞爱情和疾恶如仇紧密相连，因而在她的经历中，爱情的不幸遭遇和国家覆亡命运紧密联系在一起。

李香君是一个有着民族气节的女子，剧本通过她爱情故事的演绎，透视了当时社会现状，表明那个时代人们对故国的忠贞。当《桃花扇》公演后，这部戏立刻得到时人认可，街头巷尾，争先传抄。

《桃花扇》中女主角李香君是明末秦淮河畔一个有名歌女。她的美名正是由于她的爱国、刚正、高尚节操而流传下来。

据传李香君的父亲原是一位武官，也是东林党成员，后来家道败落，漂泊异乡。李香君8岁时，她被秦淮李贞丽收养，改姓李，名李香，

号香君，绰号"香扇坠儿"。

李香君是一个诗书琴画歌舞样样精通的卖艺歌女，16岁时，她与从河南商丘避难而来的侯方域相识，一见倾心。后来，李香君以身相许，誓死白头偕老，侯方域送宫扇作为定情信物。

在结婚第一天，阮大铖为了讨好颇有政治声望的侯方域，竟然转经他人送来奁资。新娘李香君比丈夫侯方域还要看重名节，馈赠被退回了。

当时南明王朝在危难之中，侯方域出面劝说左良玉部敛迹安定。后来，在一系列突发情势下，使得侯方域不得不离开李香君，去投奔当时的名臣史可法。

后来，南明小朝廷建立，阮大铖利用权势逼迫李香君给漕抚田仰做妾。李香君一心思念远行丈夫侯方域，不肯从命，当着抢婚人的面以头撞地，把斑斑血迹溅在侯方域送她的诗扇上。

目睹此景的一位友人深受感动，他把扇面上的血迹勾勒成朵朵桃

花，成了一面"桃花扇"。

李香君托正直的友人苏昆生带着这把饱含无限情意的扇子去寻找侯方域。后来，这对夫妻在栖霞山白云庵不期而遇，他们感慨万千，也不再想重温旧梦了，便各自出家。

全剧中还穿插当时许多历史事件，使得这部剧不仅表现了男女主人公爱情的忠贞，还歌颂了亡国时期爱国人士的英勇不屈的精神。可惜，男主人公侯方域后来因为耐不住寂寞，参加了顺治时期的乡试，被世人耻笑，也枉费了香君的苦心。

《桃花扇》塑造了性格鲜明的人物形象，李香君尽管身为歌女却爱憎分明，在爱情上忠贞不二，为了维护自己人格尊严与爱情自由，是具有鲜明政治色彩和高尚品德的女子。

在《桃花扇》中《却奁》一场，当李香君得知妆奁乃阮大铖所送，目的是要拉拢侯方域时，她便毅然拔掉簪子，脱下裙衫，当着杨龙友的面将其扔在了地上。

还有，在《拒媒》《守楼》两场戏中，杨龙友要李香君嫁给马士英同伙田仰，她很坚决地说自己要等侯方域3年、10年甚至100年，并且她反问杨龙友："阮家妆奁尚且不受，倒去跟着田仰么？"当杨龙友要强拉她下楼时，她竟以头撞地，宁死不辱。

在《骂筵》一场中，李香君置生死于不顾，当着马士英、阮大铖之面，痛骂他们的罪行。相比之下，侯方域虽然具有正义感，却较为软弱，在态度上摇摆不定，对与阮大铖的交纳，他竟然说"可怜""不可绝之太甚"。可见，李香君虽然是个小女子，但其人物性格比侯方域还要爱憎分明，其形象也高大了很多。

还有，关于《桃花扇》女主人公李香君的传说有两种结局，一种是终于在苏州与侯方域重逢了，却被一个老头当头棒喝，两人拔剑四顾心茫然，看破尘缘，出家了事。

另一种结局是，李香君和侯方域两个人连最后一面都没有见着，李香君就留下一柄桃花扇恹恹地死去。临死之前留下一句话："妾于九泉之下铭记公子厚爱。"

知识点滴

在我国民族的文化理念中，桃花代表美人之面，比拟妖娆之态，情系情爱之念，比喻婚嫁之欢。可见桃花加纨扇，其色最艳，其怨最深，桃花命薄，秋扇怨多。

桃花扇既是李香君红颜姣好的写照，又是她薄命违时的隐喻，既是侯方域和李香君爱情旖旎香艳的表征，又是这一爱情悲凉凄惨的暗指。桃花扇的一体两面性，构成了《桃花扇》的凄艳境界。

窦娥冤

　　《窦娥冤》全称《感天动地窦娥冤》，是元代关汉卿的杂剧代表作，它的悲剧剧情取材于《东海孝妇》的民间故事。

　　《窦娥冤》是我国四大悲剧之一，是具有很高文化价值和广泛观众基础的名剧。本剧反对封建社会制度，具有深刻意义。《窦娥冤》首先是一个社会悲剧，其在艺术上体现出现实主义与浪漫主义风格的融合。

　　关汉卿在作品中丰富的想象和大胆夸张，超现实情节设计，显示出正义的强大力量，寄托了作者爱憎分明的情感。《窦娥冤》反映为人们伸张正义、惩治邪恶的愿望。本剧问世以后，一直广泛受人们欢迎，与它的高超创作技巧和突出的艺术特色是分不开的。

关汉卿改故事而作《窦娥冤》

那是在汉代时期，东海有个孝妇，她年轻守寡，没有孩子，赡养婆婆非常尽心，婆婆想让她改嫁，她始终不肯。

婆婆对邻居说："这个孝妇待我非常好，她自己过得非常清苦，我觉得她无子守寡非常可怜。我老了，不可以长期连累她耗费她的年华，该怎么办呢？"

后来，婆婆自缢而死，婆婆女儿将孝妇告到了官府说："这个妇人杀了我母亲"。狱吏逮捕了孝妇，孝妇的供词不承认自己杀了婆婆。

狱吏严问拷打，孝妇自我诬陷而伏法。所有案卷呈报上去以后，太守想将孝妇治罪。当时有个智者叫于公，他认为这个孝妇赡养婆婆10多年，以孝远近闻名，一定不会杀了婆婆。

可是，太守并不听从，于公一直争辩，但没有什么结果，于是于公怀抱着孝妇狱词，在府上痛哭，后来托疾辞去。

太守最终断定孝妇有罪，孝妇将被处死时，她请求用车载着10丈长的竹竿，用来悬挂五色长幡。孝妇当众立誓说："我若有罪，甘愿被处死，血会顺着流下；我若是冤枉而死，血会向上倒流！郡中将会大旱三年！"

结果，刽子手处死了孝妇，那血是青黄色的，血沿着长竹竿往上流，到了竿顶，才又沿着幡流下，当时人们非常震惊，这才知道孝妇的冤屈。

后来，郡中大旱三年，新太守到任后，他询问大旱的缘故，才得知孝妇这个案子，于是，新太守找到于公，问于公缘由。

于公说："孝妇不应当死，但前任太守一意孤行强行断案，应该是大旱的根源吧！"

于是，新太守立刻亲自祭奠孝妇，他借此重修了孝妇的墓。果然，天立刻下了大雨，这一年收成很好。郡中的人们知道这件事后，也更加敬重于公。

在元代，关汉卿已经是我国最有名的剧作家，也正是因为他的经历和才华，他才能将《东海孝妇》进行完美改编，创作出《窦娥冤》这部不朽名剧。

关汉卿，号已斋叟，金末元初大都人，是元代杂剧代表作家，他与郑光祖、白朴、马致远一同被称为"元曲四大家"，他居元曲四大家之首。

关汉卿一生"不屑仕途"，他无心做士大夫阶层，而是愿意生活在底层人们中间，是当时杂剧界的领袖人物，与当时许多戏曲作家、杂剧演员有着密切联系。

关汉卿是一位熟悉舞台艺术的戏曲家，他既是编剧，又能登台。

关汉卿在《南吕·一枝花·不服老》中自述：

> 通五音六律滑熟，我也会吟诗，会篆籀，会弹丝，会品竹。
> 我也会唱鹧鸪，舞垂手，会打围，会蹴鞠，会围棋，会双陆，
> 我是个蒸不烂、煮不熟、捶不扁、炒不爆、响当当一粒铜豌豆。

可见关汉卿的才华、生活经历和个性都是不同寻常的。关汉卿所作杂剧 60 余种，他的戏曲作品题材广泛，揭露了封建统治的黑暗腐败，表现了古代人们特别是青年妇女的苦难遭遇和反抗斗争。

关汉卿所作杂剧中人物性格鲜明，结构完整，情节生动，语言本色而精练，他的杂剧对元杂剧和后来戏曲的发展有很大影响。

关汉卿是我国戏剧创始人，被称为"中国的莎士比亚"，其戏剧语言，被称为"本色派之首"。关汉卿作品主要有《窦娥冤》《救风尘》《望江亭》《单刀会》等。其中《窦娥冤》是关汉卿的代表作。

虽然，《窦娥冤》故事来源于《列女传》中的《东海孝妇》，但作者关汉卿并没有局限于这个传统故事，而是紧扣当时社会现实，作者用这段故事，真实而深刻地反映了元代的悲剧，表现了我国人们坚强不屈的斗争精神和争取独立生存的强烈要求。

《窦娥冤》成功塑造了"窦娥"这个悲剧主人公形象，其实，窦娥和东海孝妇有很多共同点，这些共同点使窦娥其成为元代被压迫、被剥削、被损害妇女的代表，成为元代社会底层善良、坚强而走向反抗的妇女典型。

知识点滴

虽然《窦娥冤》作者关汉卿在作品中借鉴了《东海孝妇》的一些故事情节，但其运用丰富想象和大胆夸张，他设计的超现实情节，比东海孝妇血流长竿还要壮烈很多，显示出正义的强大力量，表现了作者的人的爱憎分明，反映了广大百姓伸张正义、惩治邪恶的愿望。

还有，关汉卿在《窦娥冤》戏曲中所用的语言也突破了《东海孝妇》的文辞效果，其口语化通俗自然，朴实生动，极富性格，评论家以"本色"二字概括其特色，给予了相当高的评价。

窦娥感天动地的反抗精神

《窦娥冤》这部悲剧首先是一个社会悲剧，这一悲剧所反映的是元代社会，剧中人物生活的社会环境，比如羊羔利，这是元代社会官

方允许的利滚利，是一种剥削方式。《窦娥冤》剧中就是这样的羊羔利，使得窦天章借贷无法偿还，以窦娥抵债。

同样，也是这样的羊羔利，才使蔡婆有了一点经济支持，蔡婆也是因为收羊羔利而遇险，恰被张驴儿父子救下，最终引狼入室，埋下了祸根。

更是因为羊羔利能带来一本万利的好处，才使张驴儿父子想窃取这一利益来满足好逸恶劳的本性，才有了逼婚占财这一情节。

《窦娥冤》所反映就是元代，这一社会性质加剧了《窦娥冤》悲剧的发生。而窦娥就是在这样等级社会中，有着"人只有拷打才招"的思想认识的时代蒙冤而死。

其次，《窦娥冤》又是人物性格的悲剧。窦娥善良、正直、勇敢、坚贞，她的性格是多方面的，占主导的有两个方面，就是善良和刚强。

窦娥善良，主要表现在她与已死丈夫、未死婆婆等人的关系上。窦娥刚强，主要表现在她与张驴儿和楚州太守桃杌等人的关系上。这两方面性格是矛盾的统一，相互补充，相互影响，共同发展。

《窦娥冤》中由于窦娥坚信自己的一举一动都是善良的、合理的，甚至按照封建社会的传统道德标准来衡量也是无可非议的，所以在遭受不公和迫害后，才终于认定外来的一切迫害都是无理的、非法的、应该反对的，使她对封建社会的残暴与毒害有了清醒的认识。

作者关汉卿在《窦娥冤》中描述的窦娥是一个从来没有对任何人造成丝毫伤害，人间灾难却接连不断向她袭来的苦命女子。

窦娥先是失去母亲、离开父亲、又失去丈夫，在经历了贫穷、高利贷剥削、童养媳生活、丈夫死亡等一系列磨难之后，这些磨难使得她满腹怨愁。

但是，窦娥那颗单纯、善良的心灵并不懂得这一切灾难的真正原因。这一切都说明窦娥是一个安分守己、与世无争、忍让宽容，甚至有点逆来顺受的弱女子。然而，封建社会的邪恶和野蛮，全都围绕在窦娥周围。

在经历了一系列最黑暗的压迫后，窦娥并没有被压下去，相反，她却在横逆面前逐渐醒悟过来。窦娥奋起战斗，她向天地、日月、鬼神发出一连串强烈诅咒，这是她反叛与斗争的一种行为表现。

窦娥并非一开始就这样，早先，她认为天地是无私的，因此她才"劝今人早将来世修"，她也相信官府是公正的，所以才有恃无恐地走进楚州公堂。窦娥所坚持的这种理想，以为可以仰仗天地、鬼神、官府的保护或恩赐来实现。

后来，窦娥在经历磨难和冤案后，她才痛苦地认识到，官府、鬼神不仅不是善良理想的保护者，反而是黑暗势力的护法神，这些黑暗势力欺软怕硬、顺水推船。窦娥清醒地意识到，要反抗恶势力，追本穷源，就不得不连天地也一起加以谴责。

最后，《窦娥冤》悲剧是一个心灵悲剧。《窦娥冤》主人公窦娥尽管只是抵债成为蔡婆的童养媳，但是她心灵深处受到封建伦理道德观念影响，当张驴儿想霸占蔡家时，她视自己为蔡家人，从一而终。以及窦娥在守寡时，对蔡婆体贴关心，之后又出于对婆婆关爱而蒙冤认罪，这正是封建由社会孝道所致。

《窦娥冤》中窦娥所做的这一切，其根本原因就是封建时代女子贞孝观念所造成的。窦娥这样的心灵痛楚压抑在《窦娥冤》第三折里达到高潮，她的一字一泪都是希望得到人间温暖。

窦娥最初也相信命运，她认为贞孝观念能让好人得到好报，可悲的是，正是她所认为的公正道义残杀了她的生命。

《窦娥冤》在窦娥的反抗性格不断向前发展的同时，她性格中善良的一面也得到同步发展。窦娥对多年相依为命、今后更加孤苦的蔡

婆非常怜惜，她含冤负屈、甘愿承担杀人罪名，完全是为了保全婆婆性命。

甚至在窦娥被绑赴法场时，她自悲不暇，还苦苦哀求刽子手"与人行方便"，不要走前街，免得被婆婆看见，引起婆婆过度悲伤。

《窦娥冤》中窦娥善良性格在正与邪、生与死斗争中得到升华，这表明窦娥心里有着强大的精神力量，正是这种精神力量支持她英勇、至死不屈地反抗。悲剧《窦娥冤》之所以"感天动地"，这一悲剧意义，其根本原因也在这里。

知识点滴

《窦娥冤》刑场哭别一场戏，是表现窦娥性格不可缺少的内容，也是本剧悲剧因素组成的一部分。在刑场上窦娥再次重申事实真相和自己的冤情。最后，窦娥向蔡婆婆提出了请求，希望婆婆能在自己死后看在婆媳情分上祭奠一下自己的坟墓。

这段哭诉，哀哀怨怨，与前面的愤怒控诉形成鲜明的对比，是窦娥性格的另一方面的体现。也是窦娥在现实中的真实生活和真实性格的写照。它说明窦娥在日常生活中，只是一个勤劳善良，命运孤苦，没有过多要求的普通劳动妇女。

窦娥的请求，体现了作为一个普通人的最基本的要求，也增强了人们对窦娥的同情，对社会黑暗的愤怒。最后，窦娥劝解婆婆，说自己是"没时没运"才落得"不明不暗，负屈衔冤"。

这只是窦娥安慰婆婆的话，并不是说窦娥自己没有怨恨了。因为她的冤屈完全是人为造成的，是因为社会的黑暗，官吏的腐败，邪恶势力的横行。窦娥也从自己身上认识到这一点，所以在临刑时提出了三桩誓愿。

牡丹亭

　　《牡丹亭》是明代剧作家汤显祖的代表作之一，共55出，又名《还魂记》，也称《还魂梦》或者《牡丹亭梦》。汤显祖是我国古代继关汉卿之后的又一位伟大戏剧家，其作品影响最大的当数《牡丹亭》。

　　《牡丹亭》女主人公杜丽娘是我国古代文学史上最有特色典型，她对爱情执着追求和对礼教彻底反对，在我国古代文学史上有着深刻的代表性。杜丽娘是我国古典文学里继崔莺莺之后出现的最动人妇女形象之一，作者汤显祖在《牡丹亭》中通过杜丽娘与柳梦梅之间的爱情婚姻，喊出了要求个性解放、爱情自由、婚姻自主的呼声，并且暴露了封建礼教对人们幸福生活和美好理想的摧残。

汤显祖改编小说作《牡丹亭》

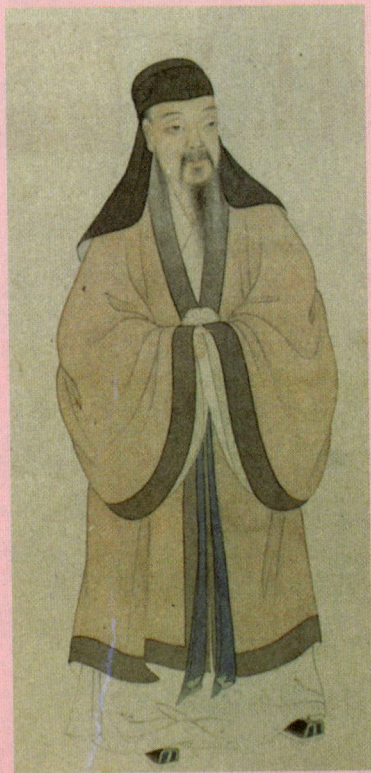

那是明代万历年间的一天，著名文学家剧作家汤显祖正在京城做官。汤显祖为人耿直，敢于直言，一生不肯依附权贵，曾经担任过太常博士及一些下层官职。

后来，汤显祖上奏了一道《论辅臣科臣疏》奏本，皇帝朱翊钧大怒，他把汤显祖贬职到徐闻县去做小官。这一次，汤显祖第一次经大庾过梅岭，到徐闻县去。

半年后，皇帝再次重用汤显祖，将他升调浙江遂昌做官。汤显祖又一次经大庾过梅岭，这次，他在大庾逗留了一

段时间，在与当地贤达文人闲聊中，汤显祖了解到大庾的历史和人文环境。

有一次，汤显祖在大庾找到了一本古书名为《夷坚志》，其中有一篇故事，是讲古代谪居南安的官员千金死后化成鬼魂，在当地宝积寺与谪官太尉孙子产生爱情的故事。

出身书香门第的汤显祖被这个爱情故事所感动，他决心改编这个故事，使它成为一个千古佳作。后来，汤显祖翻阅了各种典籍，又找到一篇前人所写的话本小说，名为《杜丽娘慕色还魂》。

汤显祖便将《夷坚志》中的故事与《杜丽娘慕色还魂》糅合在一起，创作出了一个新的戏剧，将其命名为《牡丹亭》。

古籍《夷坚志》和明代话本小说《杜丽娘慕色还魂》为《牡丹亭》提供了基本情节。人们一般认为，古籍《夷坚志》中的故事是《牡丹亭》

的源头，而话本小说《杜丽娘慕色还魂》则是较为原始的杜丽娘故事话本，汤显祖在原来故事基础上，作了艺术加工，创造了《牡丹亭》，突显了作品的主题思想。

宋代大学者洪迈在其著作《夷坚志》中，记载了一则谪居在南安太尉解元的孙子解俊，遇到前抗金将领邵宏渊女儿鬼魂的历史传奇故事。

当然，作为高官的邵宏渊的年轻漂亮的女儿死了，又葬在寺庙边，自然会引起当时人们的各种猜测传闻。

解氏子孙因住宿到寺庙中，听到了传闻引起了遐想，甚至恍惚间见到貌美姑娘来到跟前，日复一日不能自拔，被当时人们说是女魂缠身，这都是很有可能的事。

这种事情广为传播，自然也会传到生活在故事发生年代的洪迈耳里，被他记载下来也就顺理成章了。《夷坚志》成书二三百年后，才出现了明代话本《杜丽娘慕色还魂》。

话本《杜丽娘慕色还魂》与《夷坚志》中记载的故事内容情节大同小异，这足以推断《夷坚志》是话本《杜丽娘慕色还魂》的来源和雏形，更是《牡丹亭》最初的源头。

《夷坚志》故事正文开头有一首诗道：

闲向书斋览古今，罕闻杜女再还魂。

聊将昔日风流事，编作新闻励后人。

　　这也说明了，这部小说是人们闲着无事的时候浏览书斋，将"昔日"的"风流事"演绎并编撰出来的。实际上，宋、元、明许多话本都是以《夷坚志》等书籍内容为蓝本写出的。

　　明代话本小说《杜丽娘慕色还魂》为《牡丹亭》的创作提供了基本情节。《牡丹亭》在《惊梦》《寻梦》和《闹殇》等出的宾白中还保留了话本小说的若干原句。

　　在话本小说中，杜丽娘还魂后，门当户对的婚姻顺利缔成。而在戏曲中，汤显祖进行了脱胎换骨的创造性改编，他把小说故事同明代社会现实生活结合起来，使它具有强烈的反礼教、反封建色彩，焕发出追求个性自由的光辉理想。

女主角杜丽娘是古典戏曲中最可爱的少女形象之一。其出身和社会地位规定她应该成为具有三从四德的贤妻良母。

杜丽娘人生第一课是《诗经》的首篇《关雎》，传统说法认为《关雎》是"后妃之德"的歌颂，是最好的闺范读本。杜丽娘却认为这是一支恋歌。

汤显祖没有使用前人小说话本中一见倾心，互通殷勤，后花园私定终身的手法，而安排杜丽娘在游园之后和情人在梦中幽会，幽会以后，接着描写她第二次到园中《寻梦》。《寻梦》是杜丽娘郁积在心中的热情的爆发，也是她反抗现实世界的实际行动。

知识点滴

在看过《夷坚志》和话本《杜丽娘慕色还魂》后，汤显祖成功对杜丽娘形象进行再塑造，取得了辉煌的成就。而《牡丹亭》对话本小说中柳梦梅形象的几点细微改动，更是对突显作品的主题思想起到了极其重要的作用。

从柳梦梅名字来源、身份、阳刚之美及其热衷功名和干谒权贵等几个方面，比较话本《杜丽娘慕色还魂》与《牡丹亭》中柳梦梅形象的细微差别，这也是汤显祖对柳梦梅形象的再创造，从而进一步突显了作品"以情抗理"的主题，表达了作者汤显祖对于"真情至爱"的呼唤和赞美。

杜丽娘为情而死与为情而生

《牡丹亭》剧情内容是，贫寒书生柳梦梅梦见在一座花园的梅树下站立着一位佳人，佳人对柳梦梅说同他有姻缘之分，从此柳梦梅经常思念这位佳人。

与此同时，南安太守杜宝的女儿名叫丽娘，丽娘才貌端妍，跟从私塾老师陈最良读书。杜丽娘在后花园里学习《诗经·关雎》伤春寻春，她从花园回来后便郁郁寡欢。杜丽娘在睡梦中梦见一位书生手持半枝垂柳前来求爱，后来杜丽娘同书生在牡丹亭畔幽会。

杜丽娘从此愁闷消瘦，一病不起，她在弥留之际要求母亲把她葬

在花园的梅树下，嘱咐丫环春香将其自画像藏在太湖石底。杜丽娘的父亲升任淮阳安抚使，委托陈最良葬女并修建"梅花庵观"。

3年后，柳梦梅赴京应试，他借宿梅花庵观中，在太湖石下拾得杜丽娘画像，发现杜丽娘就是他梦中见到的佳人，杜丽娘魂游后园，和柳梦梅再度幽会。

杜丽娘想与柳梦梅共叙姻缘，她让柳梦梅掘墓开棺，杜丽娘起死回生，最终两人结为夫妻。杜丽娘陪同柳梦梅一同前往临安参加应试。

柳梦梅在临安应试完毕后，他受杜丽娘之托，送家信传报还魂喜讯。与此同时，杜丽娘的老师陈最良发现杜丽娘坟墓被掘之事，陈最良向杜宝告发了柳梦梅盗墓之罪，柳梦梅被杜宝囚禁。

直至发榜，柳梦梅由阶下囚变身为状元，但杜宝拒不承认柳梦梅与女儿的婚事，他强迫柳梦梅与女儿离异。这场纠纷最后闹到皇上面前，在皇上应允下杜丽娘和柳梦梅二人终成眷属。

《牡丹亭》表现出来的进步思想，具体体现在一系列生动鲜明的艺术形象创造上。杜丽娘是《牡丹亭》中描写最成功的人物形象。

在杜丽娘身上有着强烈叛逆情绪，这不仅表现在她为寻求美满爱情所作的不屈不挠斗争方面，也表现在她对封建礼教给妇女安排的生活道路的反抗方面。

作者汤显祖在《牡丹亭》中成功细致地描写了她反抗性格的成长过程。杜丽娘生于名门宦族之家，从小受到严格封建教育，她曾经安于父亲替她安排的道路，过着稳重、矜持、温顺的生活，这些在《牡丹亭》"闺塾"一场中可以突出表现出来。但是，正是杜丽娘生活上的束缚、单调，造成了她情绪上的苦闷，引起了她对现状不满和质疑。

《牡丹亭》女主人公杜丽娘被《诗经》中的爱情唤起了青春的觉醒，以及她在梦中获得的爱情，更加深了她对现实幸福生活的渴望。杜丽娘"寻梦"正是她反抗性格的进一步发展，也是她强烈要求身心解放的感情流露。

汤显祖用浪漫主义手法成功表现了杜丽娘理想与现实的矛盾，正因为幻梦中的美景在现实里难

寻，梦境不可得，理想不能遂，导致她郁郁而终。

但是，汤显祖并没有用杜丽娘的死来结束他的剧本，而是用独特的艺术构思，又以浪漫主义的手法描写了杜丽娘在阴间向判官询问她梦中情人姓柳还是姓梅，她的游魂还与柳梦梅相会。

杜丽娘为了与柳梦梅实现美好生活的愿望，她要求柳梦梅掘开她的坟墓，让她起死复生。杜丽娘正是为情人而死，为情人而再生，也是为理想而牺牲，又为理想而复活的体现。

杜丽娘回到现实世界与柳梦梅最终成就了姻缘，整个过程充分说明了杜丽娘在追求爱情上大胆而坚定，缠绵而执着的个性。

《牡丹亭》中柳梦梅是一个富有才华的青年，但他又存在浓厚功名富贵的庸俗思想，他在爱情上始终如一，敢于在金銮殿上对峙权高势重的岳父，并始终相信自己和杜丽娘真情所至，一定会在一起。

柳梦梅理直气壮，义正词严。这些生动的描写体现出柳梦梅不畏强暴、刚强反抗的性格特点。柳梦梅这种性格与杜丽娘交相辉映，使他们的爱情发出了更大的光彩。

《牡丹亭》中杜丽娘父亲杜宝是封建家长制度的代表，他用严格的封建教育来教养女儿，在婚姻问题上，他坚持门第观念，以致耽搁了女儿的青春。

杜宝甚至在知悉了女儿生病的真正原因后，他还故作镇定，最终断送女儿的生命。杜宝认为女儿私招柳梦梅玷辱了他的门第，婚姻不由父母做主，更是败坏了杜氏家风。这些地方都表现了杜宝的冷酷面目。

另外，杜宝又以封建社会"忠心耿耿"的大臣面目出现，他勤政爱民，公而忘私，为国忘家。正因为如此，杜宝必然要坚定不移地维护封建礼教，绝不妥协，就导致了在家庭中断送女儿的青春和幸福。作者以杜宝这样的形象来深刻揭露封建道德体系的不合理。

汤显祖笔下的陈最良是一个十足迂腐、庸俗、虚伪、自私的道学先生，他严格遵守封建教义，言谈行动充满着酸溜溜的味道。

在《牡丹亭》"闺塾"一场中描写陈最良道学气最为传神，从他身上暴露出封建社会知识分子很多弱点，陈最良这个人物形象有着明显的时代特征。作品对私塾先生陈最良这个形象的批判，正好体现了作者反封建礼教的民主精神。

《牡丹亭》除了有深刻的思想内涵外，其艺术特色也是非常卓越的。《牡丹亭》把浪漫主义手法引入传奇创作。贯穿《牡丹亭》整个作品的是杜丽娘对理想的强烈追求，作者的构思具有离奇跌宕的幻想色彩，使得情节离奇，曲折多变，作者从"情"的理想高度来观察生活和表现人物。

《牡丹亭》在人物塑造方面，作者注重展示人物内心世界，他发掘人物内心幽微细密的情感，使之形神毕露，从而赋予人物形象以鲜明的性格特征和深刻的文化内涵。

《牡丹亭》戏剧的崭新思想是通过崭新人物形象来表现的，它最突出的成就，无疑是塑造了杜丽娘这一人物形象，为我国文学人物画廊提供了一个光辉的形象。

《牡丹亭》杜丽娘性格中最大特点是她在追求爱情过程中所表现

出来的坚定执着，她可以为情而死，又可以为情而生。

　　《牡丹亭》的爱情描写，具有过去一些爱情剧所无法比拟的思想高度和时代特色。作者汤显祖明确地把这种叛逆爱情当作是思想解放、个性解放的一个突破口来着重表现，不再是停留在反对父母之命、媒妁之言这一狭隘含义之内。

　　《牡丹亭》作者让剧中青年男女为了爱情，出生入死，除了运用浓厚的浪漫主义色彩之外，更重要的是赋予了爱情能战胜一切，超越生死的巨大力量。

　　　　《牡丹亭》是根据明代嘉靖年间的短篇话本小说《杜丽娘慕色还魂》改编的。但《杜丽娘慕色还魂》并不出名，因为它仅是一个讲爱情的小说，立意低，所以无法流传开来。

　　　　《牡丹亭》是一部爱情剧，剧本通过杜丽娘和柳梦梅生死不渝的爱情，歌颂了男女青年在追求自由幸福爱情生活上所作的不屈不挠斗争，表达了挣脱封建牢笼、粉碎宋明理学枷锁，追求个性解放、向往理想生活的朦胧愿望。

知识点滴

深刻的思想内涵和艺术特色

　　《牡丹亭》是汤显祖最著名的剧作之一，它在礼教制度森严的封建时代一经上演，就受到了广大民众的欢迎，特别是受到感情受压抑

妇女的喜爱追捧。

　　当时，《牡丹亭》一经上演，便一举超过了另一部古代爱情故事《西厢记》。据明代文学家沈德符在他所著的《顾曲杂言》记载：

　　　　《牡丹亭梦》一出，家传户诵，几令《西厢》减价。

　　由此可见，《牡丹亭》所取得的艺术成就是非常卓越的。作者汤显祖通过描写杜丽娘和柳梦梅生死离合的爱情故事，洋溢着追求个人幸福、呼唤个性解放、反对封建制度的浪漫主义理想，感人至深。

　　汤显祖是封建时代中勇于冲破黑暗、打破牢笼，向往烂漫春光的先行者。《牡丹亭》也成为古代爱情戏中继《西厢记》以来影响最大、艺术成就最高的一部杰作。

　　《牡丹亭》以文辞典丽著称，宾白饶有机趣，曲词兼用北曲泼辣动荡及南词婉转精丽的长处。明代吕天成对《牡丹亭》的赞美之词：

惊心动魄，且巧妙迭出，无境不新，真堪千古矣。

在阅读《牡丹亭》剧本，享受其文字的飨宴、穿越时空的生死之恋，其中的缠绵之情弘贯苍茫人世、迤逦而来，这便是《牡丹亭》留给世人最美好的精神享受。

《牡丹亭》主要的艺术特征是具有浓郁的浪漫色彩，它的理想色彩非常强烈。汤显祖在《牡丹亭》中把杜丽娘作为理想化的"情至"的化身来描写，通过"梦而死""梦而生"的奇幻情节揭示出理想与现实的矛盾。

作者以此来表现封建礼教对人们心灵上的冲击，以及人们对真性

情的强烈憧憬与追求，虽然这种冲击与追求带有受压抑的惆怅与感伤色彩。

另外，《牡丹亭》的浪漫意趣味还表现在全剧具有浓郁的抒情诗色彩，使剧中处处充满诗的意境。

作者在《惊梦》《回生》中以抒情诗般的曲词，把深闺少女愁闷孤独的感情，顾影自怜娇羞的神态和摇漾的春色融为一体，表现得淋漓尽致，也给读者提供了再想象的天地。这样的曲词，即使没有音乐，也仍然给人以强烈的艺术感染。

汤显祖是饱含着深情创作《牡丹亭》的，根据焦循《剧说》中所记载，他在写到剧中春香哭祭杜丽娘的情节时，竟"卧庭中薪上，掩袂痛哭"，感人至深。

作者在《牡丹亭》的情节结构上，使其充满了离奇跌宕的幻想色彩，比如在《惊梦》《回生》等情节中表现的都是在幻想中才可能存在的事物。作者的这一切富于幻想的艺术构思，正是《牡丹亭》戏剧结构的支柱。

《牡丹亭》语言秾丽华艳，意境深远，作者全剧都采用了抒情诗的笔法，这样既倾泻了人物的情感，同时又具有奇巧、尖新、陡峭、

纤细的语言风格，表现了作者很高的艺术水准。

《牡丹亭》剧中个性解放的思想倾向影响更为深远，清代《红楼梦》也受其影响，《牡丹亭》作为戏剧艺术的中华瑰宝，显示出其经久不衰的艺术魅力。

《牡丹亭》歌颂了青年男女大胆追求自由爱情、坚决反对封建礼教的精神，作者揭露、批判了程朱理学"存天理、灭人欲"的虚伪和残酷，是对封建社会没落时期思想、文化专制的一次巨大冲击。

知识点滴

有人认为，《牡丹亭》立意固然有追求爱情的成分，但更重要的是追求人的意志自由。

戏中杜丽娘有一句唱词："我一生爱好天然。"这部戏的"意"就是这三句话："似这般花花草草由人恋，生生死死随人愿，便酸酸楚楚无人怨。"

整个政治气氛压迫着杜丽娘，她的生命没有阳光，很沉闷，所以最后杜丽娘死了。春香明白杜丽娘的心情，所以也在戏中讲道："娇鸟嫌笼会骂人。"这部戏有很强的哲理性，一方面要把很温馨的爱情、很美丽的花园表现出来；另一方面又要把很强烈、很压抑、很沉闷的气氛表现出来。

汉宫秋

  《汉宫秋》是元代剧作家马致远所作的历史剧，全名《破幽梦孤雁汉宫秋》。写的是西汉元帝受匈奴威胁，被迫送爱妃王昭君出塞和亲的故事，全剧四折一楔子。

  作为元代四大悲剧之一，《汉宫秋》的主角是汉元帝。作品通过他对文武大臣的谴责和自我叹息来剖析这次事件。作为一国之主，他连自己妃子也不能保护，以致演成一幕生离死别的悲剧。

  《汉宫秋》还别出心裁地把汉元帝作为全剧主人公，并把发生这场爱情悲剧的根源，也归结到他的身上。这一点，对于深化作品的悲剧主题，对于启发人们思想，都具有极为重要的意义。

马致远发感慨而作《汉宫秋》

那是在元代时期，当时有一个著名的剧作家名叫马致远。这一天，马致远正在家中看史书，他正好看到《后汉书·南匈奴传》中王昭君

的故事，原文是这样记载的：

　　昭君字嫱，南郡人也。初，元帝时，以良家子选入掖庭。
时，呼韩邪来朝，帝敕以宫女五人以赐之。
　　昭君入宫数岁，不得见御，积悲怨，乃请掖庭令求行。
呼韩邪临辞大会，帝召五女以示之，昭君丰容靓饰，光明汉宫，
顾景斐回，竦动左右。
　　帝见大惊，意欲留之，然难于失信，遂与匈奴。生二子。
及呼韩邪死，阏氏子代立，欲妻之，昭君上书求归，成帝敕
令从胡俗，遂复为后单于阏氏焉。

　　马致远读完王昭君为国出塞匈奴的悲惨故事后，他不禁感慨
万千，他开始萌发出写一部关于王昭君的戏剧故事。

毛延寿画汉宫春晓图（仇英）

　　过了几天，马致远去朋友关汉卿家做客，他听关汉卿介绍自己将《列女传》中东海孝妇的故事改编成了《窦娥冤》，他不禁备受鼓舞。马致远便将他想改编王昭君的事情告诉了关汉卿，关汉卿非常赞成他，还从自己藏书中找来了一本《乐府诗集》。

　　关汉卿说："这是我珍藏的一本诗集，里面有一篇《昭君怨》，我觉得这篇写昭君写得非常好，你可以拿去借鉴一下。我还听说晋代学者葛洪写过一本《西京杂记》，里面也有关于昭君的事迹，你不妨一起借鉴下，一定可以写出一篇千古名作！"

　　马致远非常高兴，在关汉卿的鼓励下，他认真读了《乐府诗集》中的《昭君怨》和《西京杂记》中的王昭君的故事，他对自己想改编的戏剧更加清晰了。

　　又过了两年，在马致远不懈努力下，他终于写出了一篇关于王昭君的戏剧故事，这便是我国四大悲剧中的《汉宫秋》。

　　马致远的《汉宫秋》不拘泥于史实，他在前人创作的昭君故事基础上进行了再创造。首先，马致远把昭君故事发生的历史背景改为匈奴强盛，昭君出塞是在匈奴胁迫下进行的，从而突出了王昭君对祖国深沉的感情。

　　还有，马致远将画工毛延寿的身份改为中大夫，毛延寿索贿未成，他将昭君的画图献给匈奴单于，他唆使匈奴攻汉，成为被谴责的主要对象。

　　《汉宫秋》的剧情是，西汉元帝因后宫寂寞，他听从毛延寿建议，让毛延寿到民间选美。王昭君美貌异常，但她因为不肯贿赂毛延寿，不幸被毛延寿在美人图上点上破绽，因此王昭君入宫后独处冷宫。

　　后来，汉元帝深夜偶然听到昭君弹奏的琵琶，他爱其美色，将昭君封为明妃，又要将毛延寿斩首。毛延寿逃至匈奴，他将昭君画像献给呼韩邪单于，让他向汉王索要昭君为妻。

汉元帝舍不得昭君和番，但满朝文武怯懦自私，无力抵挡匈奴大军入侵，昭君为免刀兵之灾自愿前往，元帝忍痛送行。

单于得到昭君后大喜，率兵北去，昭君不舍故国，在汉番交界的黑龙江投水而死。单于为避免汉朝寻事，将毛延寿送还汉朝处治。汉元帝夜间梦见昭君而惊醒，他又听到孤雁哀鸣，伤痛不已，他将毛延寿斩首以祭奠昭君。

马致远的《汉宫秋》在剧情上同晋代学者葛洪《西京杂记》大为类似，都特别渲染了以强凌弱的气氛。匈奴使臣竟然敢于当面勒逼汉元帝，而在匈奴强敌压境，尚书竟然只能规劝皇帝割恩断爱，而元帝更是束手无策。

于是，王昭君只落得"待不去，又怕江山有失；没奈何，将妾身出塞和番"。《汉宫秋》把王昭君放在匈奴强大、汉朝虚弱的特定历史条件下，这样写更加突出了《汉宫秋》的悲剧色彩和王昭君的悲剧形象。

在《汉宫秋》中，汉元帝一出场，他就自夸"朕继位以来，四海宴然，八方宁静"，心中只为"后宫寂寞"而发愁。

后来，毛延寿已经叛国投敌，单于使者带着美人图，强索王昭君之时，元帝还在做他的太平天子、风流皇帝的美梦。

《汉宫秋》还特别创造了王昭君在汉番交界处舍身殉难的情节。由于王昭君的慷慨殉难，既保全了民族气节和她对汉元帝的忠贞，又达到了匈奴与汉朝和好，并使毛延寿被送回汉朝处死的目的。

因此，王昭君以身殉难的悲壮之举，与满朝文武屈辱求和之举，形成了鲜明的对比。

《汉宫秋》全剧用明妃王昭君一个女人的正气，充分地反衬出汉元帝及满朝文武的怯懦与无耻。王昭君既有她对元帝的眷恋之情，又能为国家大计而毅然出塞和亲，并不惜以身殉国难，这就充分表现了作者对她的深切同情和高度赞扬。

知识点滴

在我国古代史籍中记载，王昭君是主动要求出塞的，而她之所以甘愿远嫁匈奴的原因是"入宫数岁，不得见御，积悲成怨"，也就是由于王昭君入宫很长时间，她却一直没有得到皇上召见的机会，因而心生悲怨，于是决定出塞。

这些史籍中并没有提到任何画工、画像的事情，更没有提到毛延寿的事情，甚至在《汉书》《后汉书》的其他章节中也没有提到此事。

而画工毛延寿的事情只是在《西京杂记》《乐府古题要解》等典籍中开始被提及，在正史中却一直没有记载，因此王昭君被毛延寿所害之事其实并不可信。

王昭君与汉元帝的悲剧形象

王昭君作为我国古代四大美女之一，可以说是古代四大美女中唯一一个正面形象。在悲剧《汉宫秋》中，王昭君是代表古代所有美女中最为悲情的一个，她只是一个无辜少女，有着父母、哥嫂的疼爱，有着美貌和才气，她的一生合该找一个会疼爱她、门当户对的良人。

可是，在《汉宫秋》中，命运却对王昭君开了一个玩笑，"重色思倾国"的汉元帝在全国征选少女入宫，理所当然的，王昭君入选了。

当那个抱着琵琶入宫的王昭君，曾经认为凭着自己的才色一定会得到君王宠爱，然后满门荣光，只是她从

未想过，以后她的人生会如此波澜壮阔。因为王昭君没有向画师毛延寿行贿，所以她在毛延寿的画中成了"貌若无盐"的丑女，只能避居永巷。

在《汉宫秋》中，王昭君的形象鲜活美好且符合儒家的道德要求。王昭君虽然家道贫穷，但她品性正直。当画师毛延寿向王昭君要百两黄金，选她为第一，王昭君却全然不肯。

此前画师毛延寿奉旨"遍行天下，刷选室女，已选勾九十九名，各家尽肯馈送，所得金银，却也不少"，如此比较，令王昭君的耿直颇有几分出淤泥而不染的意味，也符合了儒家文化中"贫贱不能移"的道德要求。

还有，画师毛延寿将昭君影图点破，令其"不曾见得君王，现今退居永巷"，作为昭君不肯财赂他的报复。王昭君在深夜之时感到孤单愤懑，然而她并不是像窦娥一般将自己满腔愤怒冤屈呼天抢地的喷薄而出，这不符合儒家所要求的中庸之道。

于是，王昭君借一曲琵琶含蓄地消遣，颇如失意文士借诗词抒怀一般，也正与儒家的内敛含蓄契合。因为一曲琵琶而与汉元帝相见，元帝惊叹昭君的美貌，然而昭君并没有因为久居永巷恩宠忽至而急于给自己要求尊位，以偿多年的孤闷，而是说：

妾父母在成都，见隶民籍，望陛下恩典宽免，量与些恩容咱。

我国是一个讲究孝悌的国度，孝悌在我国传统文化中的重要地位。王昭君为家中父母求恩典宽免，是我国孝悌文化的表现，而且她的表现形式十分真挚，因而为王昭君这个人物添色不少。

《汉宫秋》中汉元帝刘奭是汉朝第八个皇帝，他性格怯懦软弱喜好儒学，这也是导致后来他与昭君爱情悲剧的原因之一。

在剧中，避居永巷三年的王昭君弹起了琵琶，夜游的汉元帝听到乐声发现了王昭君。月光色，女子香，汉元帝踏着月光一步步来到王昭君面前，在马致远笔下，汉元帝和王昭君提前相遇了。

当汉元帝的仆人提着灯笼照向王昭君时，汉元帝就着光看去，永巷中这个怀抱琵琶，罗衣轻寒，亭亭而立的美人使汉元帝怜惜。

王昭君像流落凡间的月中仙子，

汉元帝从未想到冷宫中还有这样的遗珠。烟笼波渺的娇怜美人闯入，帝王占有的本色显露。

在《汉宫秋》中，当汉元帝触及王昭君幽怨的目光，他不由得放下矜持自重的身份，向她表白和道歉，剧中写道：

休怪我不曾来往乍行踏。我特来填还你这泪揾湿鲛绡帕，温和你露冷透凌波袜。天生下这艳姿，合是我宠幸他。今宵画烛银台下，剥地管喜信爆灯花。

在作者马致远笔下，他借用了诸多诗词语言显示汉元帝是一位多情天子。从未涉男女之事的昭君面对如此一位温柔体贴且富有天下的男人是倾心相许的，纵使汉元帝曾冷落她，那也是画师毛延寿的错。

在王昭君心里，既是情郎又是天子的汉元帝是多么值得倾慕，她

对汉元帝是全身心地崇拜，而久居高位的元帝对王昭君更是怜爱。

可是，广袤世间不止大汉一个王朝，匈奴骚扰汉室已久，为保汉匈边境安宁，和亲从大汉开国伊始就有了。当呼韩邪单于大军压境，指名要纳王昭君和亲时，汉元帝手足无措。

汉元帝做梦也没想到刚和昭君相爱，转眼就要分离。帝王暗中思索，掂量了无数遍，是否需要暗中调包或假传死讯，终究是不行。无奈之下，汉元帝只得求助臣子，可是大臣们却都面露难色，义正辞严劝他舍弃妃子。

在悲剧《汉宫秋》中，作者马致远构拟了汉元帝"不自由"的戏剧情境，还让他在灞桥送别时感慨"小儿家出外也摇装"，流露出汉元帝对平民生活的羡慕。

随着《汉宫秋》剧情推进，作者马致远逐步转换了汉元帝的感情色彩，他让一个拥有三宫六院的皇帝，更多地表现出有如普通人的情感愿望，从而引发人们对汉元帝更多的同情，在汉元帝身上看到无力主宰自身命运的悲剧。

在《汉宫秋》中，汉元帝毕竟头戴冕旒，这华贵的枷锁使他更感受到超乎寻常的压力。在《汉宫秋》脍炙人口的《梅花酒》一曲中，汉元帝唱道：

> 他、他、他伤心辞汉主，我、我、我携手上河梁。他部从入穷荒，我銮舆返咸阳。返咸阳，过宫墙；过宫墙，绕回廊；绕回廊，近椒房；近椒房，月昏黄；月昏黄，夜生凉；夜生凉，泣寒螀；泣寒螀，绿纱窗；绿纱窗，不思量。

在这段唱词中，幽深宫苑与汉元帝落寞心情互相衬托，酣畅淋漓地抒写出一个空有尊贵名分却又无法支配自己命运的悲凉与哀伤。

在《汉宫秋》中，汉元帝进退维谷，他遥想着开国始祖刘邦的威仪，不得不为了江山放弃美人。江山美人并重之时，汉元帝只能屈服，传统道德观念不会允许一个男人倾一国之力去保卫一个女人，否则，这个男人就愧为一国之君。

《汉宫秋》里关于送别有大段台词，身为一国之君的汉元帝将爱妃王昭君拱手让人，这是他毕生难忘的耻辱。

还有，作者马致远在《汉宫秋》第四折写汉元帝对昭君的思念，进一步渲染了他孤苦凄怆的心境。在汉宫中，人去楼空，汉元帝挂起美人图，苦苦追忆，朦胧间王昭君入梦，梦醒则茫然若失。只有孤雁哀鸣陪伴汉元帝度过这个寂寞的黄昏，就在浓郁悲剧氛围中，传达出人生落寞、迷惘莫名的悲剧意境。

其实，剧中王昭君也与汉元帝一样，她受到命运的折磨。王昭君空有才情与美貌，但事事总不如意。皇宫选美使王昭君背井离乡，毛延寿弄权她被打入冷宫，偶然间得遇恩宠却又好景不长，被迫和番。

后来王昭君身入异邦，她眷恋汉朝，义不受辱，投江自尽。在《汉宫秋》里，作者马致远对王昭君的悲剧形象虽然着墨不多，但依然写得相当突出。

最后，在《汉宫秋》结尾处，匈奴首领呼韩邪单于居然不觉得自己被戏弄了，反而敬佩王昭君这个女人，他将毛延寿交给了汉元帝处置，从这一点来看，王昭君确实有很强的个人魅力，她悲剧性的投河自尽感染了呼韩邪单于。

总之，《汉宫秋》是一部优秀的历史悲剧，它取材于汉代昭君出塞的故事。马致远通过对汉元帝和昭君悲剧人物形象的描写，不仅体现了王昭君所代表的古代女性某些悲剧，也阐发了一种世事变迁，历史兴亡之感，更透露了命运的无常与无奈。

在《汉宫秋》中，汉元帝与王昭君都是典型的悲剧人物形象。首先，汉元帝对王昭君的倾心相爱，是被王昭君的琵琶声所吸引，接着便是为王昭君的姿色所倾倒。

技艺和姿色，是元帝爱昭君的基本原因和主要内容，但是，对于王昭君舍身赴国难的精神，汉元帝却毫无感动之情，更无特别器重之意。在《汉宫秋》中，作者马致远并没有过分美化汉元帝对王昭君的爱情，而是如实地写出了汉元帝爱王昭君的具体情况及其局限性。这样，汉元帝对王昭君的温柔多情与他对于治理国家社稷的昏庸无能，构成了复杂而又和谐的整体，自然而又逼真地刻画出汉元帝和王昭君鲜明的悲剧形象。

知识点滴

有机结合的思想性与艺术性

　　《汉宫秋》是以王昭君和亲的故事为题材的一部作品。不同的是，与历史上同类题材的作品相比，它是以汉元帝为中心人物的"末本戏"。《汉宫秋》虚构了汉元帝和王昭君由相遇、热恋到生离死别的爱情波折，并把它作为贯穿全剧的线索。

　　《汉宫秋》表达了作者马致远的爱国主义思想，作者将汉元帝与王昭君的爱情命运与国家的存亡密切地联系在一起，以表达自己的爱国思想。

　　还有，《汉宫秋》所展示的正是在故事所设置的广阔的历史背景下和特殊情境中，人们心灵与情感丰富多彩，同时也浓缩了作者的复

杂情绪与人生历程。

从这一层面讲，《汉宫秋》所表达的是极端个性化的东西，也就是它的主题与元代神仙道化剧的主题是一脉相承的，这便是马致远对人生与命运无常的思考。

这种思考虽然说极富个性化，但它同样也代表了马致远的心怀，表达了那个时代中人生的不可捉摸，命运的无法把握。

马致远在《汉宫秋》整出戏所营造的氛围、所设置的情境，所着力塑造的主人公，无不字字饱醮作者的血与泪，与同时代其他剧作相比，它所传达的情感的内在冲击力是巨大的、无可比拟的。

从这一点上讲，《汉宫秋》的伟大不言而喻，其悲剧主旨更是凸显无疑。《汉宫秋》本是取自昭君故事，不同以往的是，它不以王昭君为主角，而是以汉元帝为主角，它没有设置动人的、起伏跌宕的情节，它更侧重于表现的是番汉和亲事件中人的情感和心灵态势，而非热衷故事本身。

马致远为此剧所设置的矛盾冲突不仅仅是出于戏剧特性的考虑，他关注的重点在于当时特殊情境中人的情感、心灵及命运变迁，他想表达的是一个精神上的流亡者，所历经的心灵磨难和情感历程。

因此，《汉宫秋》的悲剧主题不仅局限于男女爱情、民族情绪或政治主题，还表现出了作者马致远的心理历程和自我情感。

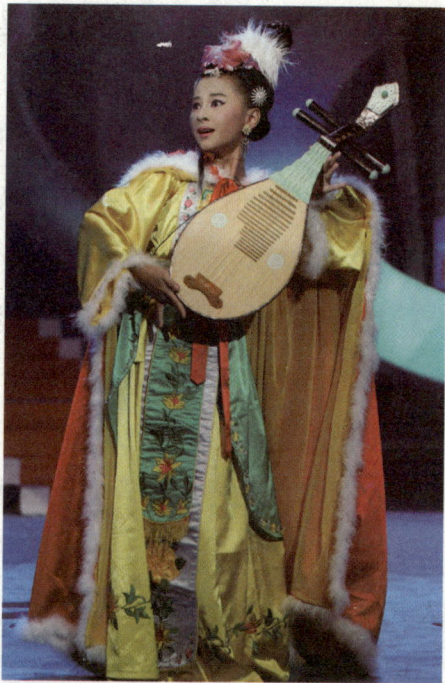

　　在《汉宫秋》中，爱情不过是马致远表达自我情感和作品主旨的一个载体，绝不可以和同时代其他爱情作品相提并论。因此，《汉宫秋》的悲剧主题，似乎能从马致远的几部神道剧中找到相互关联的东西，它们都不约而同代表达了人生的无奈，表达了个人情感的迷茫、愤懑与痛苦。

　　在《汉宫秋》中，汉元帝的命运就是作者马致远个人的精神传记，汉元帝的悲剧恰恰映照出马致远个人身世的悲凉。

　　马致远笔下的汉元帝，他虽然身为国家社稷的代表，仍带有一般帝王不可避免的昏庸和软弱，但作者塑造这个人物的时候，更多的是从一个普通的情感出发，把他写成一个多情而善良的君主，并富有诗人气质和浪漫色彩。

　　《汉宫秋》把元帝和昭君的恋情放在特殊情境之下着意点染，这个特殊情境是匈奴强大汉朝弱小，与历史恰恰相反。作者是在这样的规定情境之下，揭示出汉元帝痛失昭君的悲剧的必然性。

还有，单从戏剧的角度看，《汉宫秋》至第三折，就已经完成了戏剧冲突，第四折似乎可有可无，至少它未承载戏剧性的悲剧使命，不再延续冲突，解决矛盾。

然而，恰恰是这第四折，不仅表达了全剧最中心、最集中的悲剧情感，而且把汉元帝这个人物内心世界、情感的内在张力，表达得尽善尽美，增添了具有极大个性魅力的一个悲剧形象。

《汉宫秋》第四折写出昭君随呼韩邪单于走后，汉元帝在痛苦的思念中备受煎熬。这一折，几乎没有情节，除了结尾对毛延寿结局的随意交代。此折只写到了汉元帝和昭君在梦中短暂相见，又迅速惊醒。这个梦伴随凄凉的、一声紧似一声的雁叫，营造出一种悲凉、凄楚、伤感、落寞等悲剧意境。

《汉宫秋》中的昭君形象象征了人间的一切可拥有的美好，比如江山、社稷、功名、爱情等，而作者马致远的目的不在于点染它所象征的实体，而在于表达这一切失去之后带给人的幻灭与痛楚。而从《汉宫秋》作品所营造的悲剧意境和表达的主人公的心绪，又何尝不是作者马致远个人心理的外化，是他个人不幸遭际的折射呢！

作者马致远所着力之处在于他把人类普遍情感与心态放进了汉元帝的内心之中，并用凄怆悲凉的爱情故事来发挥得淋漓尽致。整个剧作对人物、情节乃至冲突都是以淡化的笔调写就，但对人物内心却做了深刻挖掘，可谓是一出出色的悲剧心理剧。

马致远的《汉宫秋》是一本末本戏，由汉元帝一人独唱，正旦王昭君以及毛延寿、五鹿充宗、石显、呼韩耶单于均是陪宾。该剧各种情节比如刷选美女、夜闻琵琶、按图索美、灞桥饯别也都因汉元帝而设，可以说汉元帝在《汉宫秋》中是一个线索性的人物。

汉元帝一类的昏君庸帝，作为国家社稷的代表，必然会导致"朝纲尽废，坏了国家"，落得国土难保全，民族失尊严，而他们对后妃的倾心相爱，也只能落得个蒙羞受辱，毁于一旦。

因为，作为风流皇帝欲保全真挚爱情的愿望与作为昏君庸帝所造成的"朝纲尽废，坏了国家"的严酷现实，这二者已构成了不可调和的矛盾。这就是《汉宫秋》所写的爱情悲剧的实质，也是产生汉元帝这样的艺术形象的社会基础。

知识点滴

《汉宫秋》的悲剧主旨还体现在王昭君这个人物形象中，剧中的王昭君是一个忠孝义节兼有的完美人物。然而马致远塑造的并不是一个女性的形象，而是一个符合封建儒家礼教方方面面道德要求的完人。

在《汉宫秋》中的男性并没有把昭君看作与自己有平等地位的女性，毛延寿先是把昭君作为自己敛财的方式。汉元帝看中的是昭君容貌，至于朝中的大臣更是把昭君看作如妲己般的倾国祸水，这也是古代文人常有的心态。

《汉宫秋》的悲便体现在剧中的男性关注的都只是自身的利益，忽视昭君的利益，甚至还要她为自己的利益服务。

西厢记

　　《西厢记》是我国古典戏曲中喜剧典范作品之一，表达的"永老无别离，万古常完聚，愿普天下有情人都成眷属"美好愿望。

　　《西厢记》经过多位作家、多个版本加工后，艺术上取得了卓越成就，成为我国古典戏剧中的现实主义喜剧杰作，为明清两代以后的戏剧创作提供了宝贵经验。

　　总之，《西厢记》这部喜剧作品既全面地继承了唐诗宋词精美的语言艺术，又吸收了元代民间生动活泼的口头语言，作者将它们完美地融合在一起，创造了文采璀璨的元曲词汇，它是我国戏曲史上"文采派"的最杰的出代表作品。

王实甫各取精华改编莺莺传

那是在元代的一天，著名剧作家王实甫正在家中看书，当看过唐代著名文学家、诗人元稹所写的《莺莺传》后，他不禁为崔莺莺的悲惨命运感到万分惋惜，更为张生的始乱终弃感到无比愤怒。

《莺莺传》也叫《会真记》，是元稹所写的笔记小说，其故事发生在唐代的蒲州，内容梗概是：在唐代，山西蒲州东面，有个庙宇名叫普救寺，张生就寄住在里面。

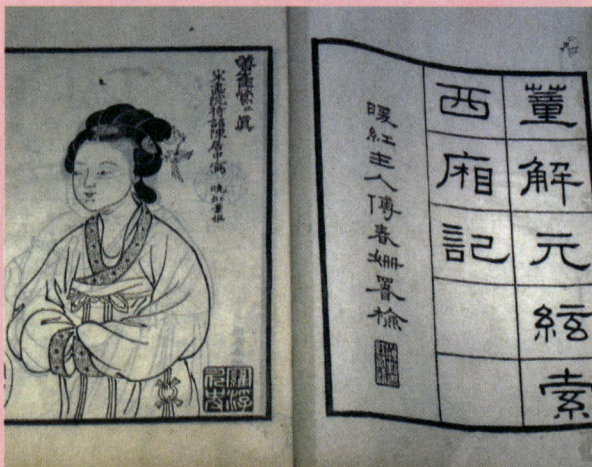

与此同时，前朝崔相国死了，崔夫人郑氏携小女崔莺莺，送丈夫灵柩回河北安平安葬，她们路经蒲州也暂住在这个寺庙中。张生见崔

莺莺相貌骄人，他便对崔莺莺产生了爱慕之情。

这一年，蒲州宦官丁文雅经常带领军人趁着百姓办丧事进行骚扰，他们大肆抢劫蒲州人。

崔家财产很多，又有很多奴仆，旅途暂住此处，不免惊慌害怕，不知依靠谁。在此以前张生跟蒲州将领有交情，张生就托这些将领让其下属保护崔家，因此崔家没有遭遇兵灾。

崔相国夫人为了酬谢张生，设宴款待张生，小姐崔莺莺也在场，张生对崔莺莺更加朝思暮想，崔莺莺出于对张生的感激之情也为之动情，在丫环红娘的帮助下，张生与崔莺莺得以幽会。

不久，张生去长安谋仕，数月后返回蒲州与崔莺莺团聚，他们两个人又私下同居了数月，张生再去长安应试。张生得了高官，他却抛弃崔莺莺娶了宰相之女，最后酿成崔莺莺的爱情悲剧。

后来，张生再次路过莺莺住所，他要求以表兄礼节与崔莺莺相见叙旧，崔莺莺拒绝并赋诗二章表明与张生从此断绝往来。

王实甫在看完《莺莺传》后，他决心要改写《莺莺传》，将它写成一部戏，更要改变崔莺莺的悲惨结局，使崔莺莺和张生能够有情人终成眷属。王实甫在《莺莺传》基础上作了一些改变，写了一点草稿。

后来，王实甫又收集了一些关于《莺莺传》资料，找到了宋代人

写的一些关于崔莺莺的诗词评论，比如《调笑转踏》《商调蝶恋花》等，他将这些融入自己的作品中。但是王实甫平日事情太多，没几天他就将改写《莺莺传》的事给忙忘了。

半年后，王实甫有幸去了京城，他看到了一部金代文学家董解元的戏曲，名为《西厢记诸宫调》，他才恍然大悟，想起了未完成的草稿。

于是，王实甫又将戏曲《西厢记诸宫调》融入他的作品中，并对其进行了大胆创新，最终完成了对《莺莺传》的改编，依旧命名为《西厢记》。

元稹小说《莺莺传》不过数千字而已，却情节曲折、叙述婉转、文辞华艳，是唐代传奇小说的代表作之一。

元稹小说《莺莺传》写出了封建时代少女对爱情的向往和追求，也反映了爱情理想被社会无情摧残的人生悲剧，反映了封建的男尊女卑思想。

此后，元稹《莺莺传》广泛流传，并产生了不少歌咏其事的诗词。到了宋代，一些文人直接以《莺莺传》为题材进行再创作，比如有宋代词人秦观的《调笑转踏》和赵令畤的《商调蝶恋花》鼓子词。

这些诗词，对崔莺莺的命运都给予了同情，对张生始乱终弃的薄情行为进行了批评，但故事情节并没有新的发展。

当元稹《莺莺传》故事流传了400年左右的时候，金代董解元的《西厢记诸宫调》问世了，这就是所谓的"董西厢"。董解元是金代诸宫调作家，"解元"是金元时代对读书人的敬称。

董解元性格狂放不羁，蔑视礼教，具备比较深厚文化修养，他对当时民间文学形式如诸宫调非常熟悉，喜欢写诗作曲。

作者董解元随着对《莺莺传》情节的增加，使"董西厢"中的人物感情更为复杂、细腻，人物性格也更为丰满了。

董解元在"董西厢"中的文字运用上既善于写景，也善于写情，又善于以口语入曲，使作品更为生动和富于生活气息，使艺术性较《莺莺传》有很大提高。董解元的"董西厢"为王实甫"王西厢"的出现，打下了坚实基础。

但"董西厢"在艺术上尚嫌粗糙，对爱情描写尚欠纯真，还不能满足人们的审美要求。到了元代，随着都市经济的繁荣，戏剧更加发达起来。这时，大戏剧家王实甫在"董西厢"的基础上把崔莺莺和张生的故事改为了杂剧，这就是后来人们看到的《西厢记》。

　　王实甫的"王西厢"直接继承了"董西厢"，作者在男主人公形象塑造上不仅写出了张生的痴情，更写出张生的才华以及张生软弱，使他成为封建社会中多情软弱才子的代表。

　　"王西厢"与"董西厢"的故事情节大致相同，但"王西厢"的题材更集中，它的反建思想倾向更鲜明，艺术水平较"董西厢"也有很大提高。

　　王实甫的《西厢记》全名为《崔莺莺待月西厢记》，王实甫写于元代元贞、大德年间，是王实甫的代表作。《西厢记》剧作在当时一经搬上舞台就惊倒四座，博得了男女青年的喜爱，被誉为"《西厢记》天下夺魁"。

知识点滴

　　金代董西厢在元稹的《莺莺传》基础上创造出一种以第三人称叙事的说唱文学。董西厢无论是思想性还是艺术性，都远远超过前人。

　　还有，董解元对《莺莺传》中的故事情节和人物形象作了根本性改造，把矛盾冲突的性质演变成争取恋爱自由婚姻的青年男女同封建家长之间的斗争。

　　在"董西厢"中，张生成了多情才子，莺莺富有了反抗性。董解元的"董西厢"故事以莺莺和张生私奔作为结局，使旧故事开出新生面。

从 "董西厢" 到 "王西厢"

　　《西厢记》是我国古典戏曲中的典范作品之一，这部戏曲赢得了人们的喜爱，该剧完美体现出了"愿普天下有情人都成眷属"这一喜剧主题。

　　其实，《西厢记》并不是一开始就具有如此巨大成就的，《西厢记》的发展演变，也可以说是迎合了人们审美倾向的结果。

　　董解元用一个宫调统辖若干曲牌，构成一"套"，把许多"套"连接起来，插入说白，讲唱长篇故事的形式第一次以《西厢》故事为题材，写出鸿篇巨制的艺术精品。

　　董解元多才多艺，最可贵的是

他冲破封建阶级对待爱情的传统观念，大胆地赞美了男女自愿结合的爱情。董解元眼光极其尖锐，看出要全面歌颂崔莺莺就必须从根本上改变张生的性格，这样才能把他所讴歌的爱情升华到真善美的境地。这样的构思是需要足够的胆识，因为它越美就是同封建道德越尖锐的对立。

董解元的这次改写是对《莺莺传》主要思想的批判。这种批判是通过艺术实践产生的真正形象进行的，所以有巨大说服力。

张生在诸宫调《西厢记》作者董解元的笔下，变成了一个风流倜傥、朴质钟情、乐观又带几分幽默气质的正面青年。改变张生性格关涉到变更原作主题思想带有实质性的变动，它引起情节的连锁变化。

既然张生是忠于爱情的，作者董解元看出制造悲剧的一个隐秘因素，也就是《莺莺传》中不曾揭破的一个幕后人物老夫人，是她拆散了崔莺莺和张生的美满姻缘，她才是罪魁祸首。

董解元将《莺莺传》改成了具有鼓子词性质的诸宫调故事，他决然地把老夫人推到前台，让观众看到她是个背信弃义、破坏良缘的"封建顽固派"，应该鸣鼓攻之。作者经过这样改动，使诸宫调《西厢记》故事具有了鲜明反封建性，它的思想和社会意义大为提高。

在此基础上，诸宫调《西厢记》的内容又引起一个重要连锁变化，它使原作《莺莺传》的矛盾关系发生了质的改变。

原作崔莺莺和张生的矛盾，变为崔莺莺和张生为争取婚姻自主和老夫人之间的矛盾。原来崔莺莺和张生的矛盾带有张生品德败坏以及更多伦理道德性质，《西厢记》中的矛盾则具有鲜明社会性。

诸宫调《西厢记》实际反映了古代青年在婚姻问题上的反封建斗争，打击了王公贵族腐朽的封建思想，反映了大众的心理愿望，它所触及问题的深度和广度远远超过《莺莺传》，作品被赋予了高度的艺术生命力。

诸宫调《西厢记》中崔莺莺的性格特色，仍是含蓄深沉却富有叛逆性的，她对爱情的追求更为真挚炽烈。作者董解元还出色地塑造出一个天真聪明、泼辣大胆的红娘形象，用灵巧俏皮的笔墨写她穿针引线，成人之美，令人可喜。

此外，作者同时还创造了见义勇为的法聪和尚。这一系列正面形象的成功创造，都可以体现出诸宫调《西厢记》这个题材的思想性和艺术性在流变中的进步和提高。

诸宫调《西厢记》使故事中的反封建势力大为增强。作者的胆识表现在情节的安排上，他把崔莺莺和张生作为正义的一方，用同情的笔触写他

们和庞大封建势力展开尖锐的冲突。

为了力展这个冲突，作者设计安排了一连串新的情节，比如"赖婚""闹简""赖简""拷红""长亭"等，这些情节曲折而富有吸引力，把一个"冷淡清虚"的爱情故事写得热闹诱人。

王实甫的杂剧《西厢记》在情节规模、结构布局，都是在董解元《西厢记》基础上奠定的。王实甫的《西厢记》除了内容上对董解元的《西厢记》的承继与发展这一关键外，形式上的不同和创新也是一个重要因素。

从作品形式来看，王实甫把"董西厢"的叙事体改为戏剧的代言体。使人物复杂变化的心理活动得到更充分更细腻的揭示。

从剧本组织来看，"王西厢"分本分折，使作品内容得到了更集

中的体现。王实甫在宫调运用上，注意到气势的连贯和与剧情的一致性，使人物情感得到彻底倾吐，内容中心与特色得到更深层次的开掘和更大程度的展现。

王实甫《西厢记》在男主人公形象的塑造上，作者不仅写出了张生的痴情与风流，更写出他的才华，以及他的软弱，使他成为封建社会中多情软弱的才子代表。

王实甫《西厢记》中聪明、伶俐、热心、正直的丫环红娘，给人们留下了深刻印象，并且在后来剧作中一再出现，取得了比崔莺莺更为重要的地位。

《西厢记》董解元版是一首充满警句美词的长篇抒情诗，写景绘情，两穷其妙。从《莺莺传》到董解元《西厢》，构成杂剧《西厢记》的深厚艺术传统。

《西厢记》杰出成就，并不是王实甫一人凭空创造出来的，它不

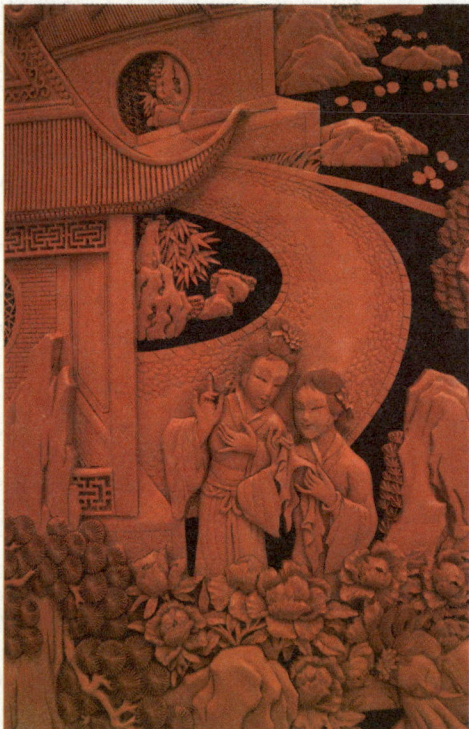

是无源之水、无根之木，而是植根于深厚的艺术传统之中，经过长期的滋育蜕变出来的，所以《西厢记》才具备了登峰造极的艺术成就。

《西厢记》可谓是我国文学史和戏曲史上的一部杰作，这部作品深刻的反封建礼教的思想性和精湛优美的艺术性，赢得了古往今来无数观众的喜爱。正是这部作品的诞生，使得作者王实甫当之无愧地成为我国一位杰出的语言艺术大师。

知识点滴

其实，普通人的喜怒哀乐，在《西厢记》崔莺莺形象中都以表里之间的矛盾和端庄的矜持姿态展现出来，自然的感情流露和贵族的骄矜性格，构成崔莺莺形象特有的喜剧色彩。

崔莺莺既无杜丽娘的浪漫气质，也没有林黛玉的单寒之色，她的性格造型是独一无二的，这是作者的重大创造，她的形象真实可信。后来很多作者都因为喜欢崔莺莺的喜剧形象，因而才乐此不疲改写《西厢记》。

突出的矛盾冲突与内涵特色

《西厢记》描写的崔莺莺与张生的爱情故事，家喻户晓、无人不知，尤其是它优美的语言艺术，更令历代各阶层人士，包括自视甚高的历代文人墨客都为之惊叹叫绝、赞叹不已。

《西厢记》是我国古典戏剧现实主义杰作，对后来以爱情为题材小说、戏剧创作影响很大。

王实甫的《西厢记》以崔莺莺、张生、红娘与老夫人的矛盾为基本矛盾，表现崔莺莺、张生与封建家长的冲突；以崔莺

莺、张生、红娘之间的矛盾为次要矛盾；以人物性格来刻画人物，并以性格冲突推进剧情。王实甫用这样一种组织冲突的方法，在古代戏剧中是值得称道的。

王实甫的《西厢记》中丫环红娘也给人们留下了深刻的印象，她聪明、伶俐、热心、正直，她在张生与崔莺莺的爱情故事中起着重要作用，普遍受到人们喜爱。

王实甫的《西厢记》作为我国古典中一部典范性戏曲作品，其规模宏伟、结构严密、情节曲折、点缀富有情趣、刻画人物生动细腻等，这些不仅前无古人，而且超过了元代其他剧作家。

因此，元代学者贾仲明在《凌波仙》中称道：

新杂剧，旧传奇，《西厢记》天下夺魁。

《西厢记》是我国古典戏曲乃至整个古典文学创作领域的一部杰作，这部作品之所以700年代来一直雄踞一流宝座，不仅是由于它深邃的思想内容，更是取决于剧本精妙的艺术特色。

其中，以王实甫所改编创作的版本成就最大，王实甫的《西厢记》最主要的特色当属剧本结构特色、语言特色和人物特色。

王实甫《西厢记》的艺术特色主要表现在巧妙的矛盾设置、丰满的人物形象和精练的语言技巧三个方面。王实甫在《西厢记》巧妙的矛盾设置上主要有两条线索贯穿戏剧始终。

一条是以老夫人为一方同崔莺莺、张生、红娘为另一方之间的冲突线；另一条是崔莺莺、张生、红娘之间的冲突。

这两个矛盾冲突相互影响，相互制约，形成了戏剧紧凑合理的结构框架。崔莺莺、张生与老夫人之间的实质冲突，是反对封建礼教、藐视门阀观念、追求婚姻自主的封建制度的叛逆者，是与维护封建礼教、维护门第利益的封建制度代表人物之间的矛盾斗争。

这一冲突，贯穿全剧，有时表面化，造成强烈戏剧动作；有时又以潜在状态，制约着戏剧情节发展。

《西厢记》作者王实甫从地点和时间的安排上下手，他把地点设在六根清净的普救寺，而此时崔莺莺父亲的灵柩也刚好在佛寺里搁着，这让故事的发生构成了强烈矛盾，这也是对封建礼教的无情嘲弄，使整个戏剧具有浓厚的喜剧色彩。

崔莺莺思念张生而又无法与之交流的痛苦，又对奉老夫人之命对自己实行"行监坐守"的丫环红娘不得不有所防范。所以，崔莺莺无法对红娘坦诚相对，这种强烈的心理冲突推动着情节曲折地向前发展。

《西厢记》作者王实甫为改变历史上西厢中真实故事的悲剧结局，他笔下崔莺莺虽然依旧是温柔美丽的女性，但再也不是屈从命运、寄哀婉于诗束的柔弱人物。张生也一改懦弱本性，被改写成有情有义、始终忠实于爱情和崔莺莺一起为共同幸福而斗争的形象。

《西厢记》的戏剧冲突，最终是在妥协中得到解决。在老夫人方面，维护门第利益，不招白衣女婿的要求，得到了满足；在张生、崔莺莺方面，在执着相爱基础上，终于结为夫妻，也得到了满足。

王实甫的《西厢记》中塑造的每一个人物形象都十分丰满。这主要是因为每一个人物既有鲜明突出的个性特征，同时又具有多重性，也就是说作者对《西厢记》的每个人物性格都做了多方面的刻画。

王实甫笔下张生的戏剧动作，主要是执着地追求与崔莺莺的爱情，

去掉了在功名利禄面前的庸俗，以及在封建家长面前的怯懦，而突出了"志诚种"，甚至是"傻角"的个性特征。

王实甫《西厢记》中张生在出场时，作者强调了他的"才高难入俗人机，时乖不遂男儿志"的情志。作者通过张生的眼睛对九曲黄河壮观景色的描写，表现了张生的胸襟。这样一来，王实甫笔下的张生就不再是某一概念的化身，而是一个有血有肉的人物形象。

《西厢记》中崔莺莺的形象也是如此，她的主要性格特征是作为一个相国小姐而能够冲破封建礼教的束缚追求自主的婚姻。

同时，作者也十分真实地表现了这位相国小姐，在反抗封建礼教过程中的动摇和矛盾，这也就是她"假意儿"的实质。

正因为《西厢记》作者充分、细致地表现了崔莺莺性格的复杂性，崔莺莺这一形象才具有了真实感人的艺术魅力，她最突出的性格特征是正义感和聪明机智。

《西厢记》中红娘本是一个地位卑贱的丫环，但她却在崔莺莺和张生实现爱情理想过程中发挥了极大的作用，并在与老夫人斗争中取得胜利。这不寻常的结果，都是红娘性格光辉的表现。

在《西厢记》的故事发展过程中，作者细腻地写出了红娘的坚定、勇敢以及胜利的喜悦，同时也写出了她的恐惧、气愤以及蒙受委屈时的痛苦。

后来，在《西厢记》的流传发展中，红娘的艺术形象，甚至渐渐高出小姐崔莺莺了。

《西厢记》喜剧艺术特色还表现在其精练的语言技巧方面。戏剧是语言的艺术，语言是戏剧的生命所在。《西厢记》的语言，一向受到人们的称赞。

著名学者徐复称赞《西厢记》：

字字当行，言言本色，可谓南北之冠。

所谓的"当行"，是指《西厢记》的语言符合戏剧特点，能和表演结合，具有丰富的动作性。

《西厢记》的语言具有非常鲜明的个性化特点。即使是唱词，作者也考虑到人物身份、地位、品格不同，使之呈现不同风格。张生的文雅，郑恒的鄙俗，崔莺莺的婉媚，红娘的泼辣，这些人物无不具有独特色彩。

综观《西厢记》全剧语言的艺术成就，最突出的是把典雅文学语言与白描性的白话口语巧妙结合在一起，形成一种既文采华丽，又朴实淡雅的风格。

比如"晓来谁染霜林醉？总是离人泪"这一句富有浓郁的文学色彩，而第四本第三折中，"见安排着车儿、马儿，不由人熬熬煎煎的气""霎时间杯盘狼藉，车儿投东，马儿向西"则显然又是充分的白话口语，二者自然熔为一炉，正是《西厢记》的风格。

王实甫《西厢记》的语言使人读来兴味盎然，满口生香，这也是它经久不衰的魅力所在。

知识点滴

《西厢记》在刻画人物性格感情方面，作者王实甫善于驾驭语言的天才得到古今读者又一首肯。剧中有关描写人物的语言，便会感到人物的至情至性无不一一凸现，令人有其声如其口出以至呼之欲出的感觉。

从语言的角度来说，戏剧不同于小说或其他文艺形式，后者常常采用第三人称来叙述故事，但戏剧则必须通过剧中各种人物不同的声口说话，以性格化的语言来刻画人物，《西厢记》在这方面堪称典范。

剧中鲜活生动的人物形象

　　《西厢记》起源于唐代元稹的传奇小说《莺莺传》，原本是个爱情悲剧故事。直至金代董解元改编的诸宫调《西厢记》，才将《莺莺传》转为喜剧结尾。到了元代，王实甫又根据这部诸宫调《西厢记》，将结尾改成老夫人妥协，并答应崔莺莺婚事的大团圆结局。

　　王实甫的《西厢记》是写张生与崔莺莺这一对有情人冲破困阻终成眷属的故事，剧情是说：

　　书生张君瑞在普救寺里偶遇已故崔相国之女莺莺，对她一见倾心却苦于无法接近。此时恰有孙飞虎听说莺莺美貌，他率兵围住普救寺要强娶莺莺为妻。

　　崔老夫人情急之下听从莺莺主意，如果有人能够退兵，她便将莺莺嫁给他。张生听到这个消息喜出望外，他便修书请来故人白马将军杜确率兵前来解围。

　　但是此事过后，崔老夫人绝口不提婚事，只让二人以兄妹相称，张生失望至极。莺莺在丫环红娘帮忙下得知张生总是以弹琴诉说衷肠，心里很是不安。

　　后来崔莺莺听闻张生病倒，她让红娘去书房探望张生。张生相思难解，央求红娘替他从中传递消息。崔莺莺怜惜张生，终于鼓起勇气写诗回赠，后来在红娘帮助下，二人瞒过崔老夫人，私下幽会并订了终身。

老夫人知情后怒责红娘，但已经无可挽回，她便催张生进京应考。张生与崔莺莺依依而别，半年后张生得中状元。

与此同时，崔老夫人的侄儿郑恒早先与崔莺莺有婚约，郑恒趁张生还未返回之时，谎报张生已经被卫尚书招赘为婿。崔老夫人一气之下要将莺莺嫁给郑恒，幸好张生及时归来，有情人终成眷属。

王实甫在《西厢记》中塑造了一系列性格鲜明、形象生动的喜剧人物形象，比如崔莺莺、张生、红娘等。这些人物是戏剧领域的经典形象，他们通过不同的语言风格和处世态度，生动逼真地体现了那个时代不同身份背景之下人们的爱憎立场，极具时代意义。

《西厢记》里的崔莺莺，一上场就带着青春的郁闷。当崔莺莺遇到了风流俊雅的张生，四目交投，彼此就像磁石般互相吸引，她分明觉察到一个陌生男子注视着自己，但她的反应是"辫着香肩，只将花笑捻"。《西厢记》剧本写到红娘催促崔莺莺回避，而崔莺莺的反应却是："回顾，觑末，下。"

按照封建礼法的规定，为女子者，"非礼勿言，非礼勿视，非礼勿听"。崔莺莺竟对张生一步一回头，把箴规抛之脑后。通过这一细微却引人注目的举动人们可以清晰地看到她性格发展的走向。

王实甫《西厢记》剧中崔莺莺遇见张生以后，她主动希望和张生接近，她知道那"傻角"月下吟诗，便去酬和联吟。张生故意撞出来瞧崔莺莺，崔莺莺"赔着笑脸儿相迎"，可见她对张生是处处留情的。而崔莺莺的态度，张生也看在眼里，他们心有灵犀，彼此都感受到相互的爱意。正是由于崔莺莺从一开始对爱情炽热追求，才使她一步步走上违背纲常反抗封建礼教的道路。

王实甫笔下的崔莺莺追求的只是爱情。她对张生的爱，纯洁透明，没有一丝杂质。长亭送别，崔莺莺给张生把盏时的感触："但得一个并头莲，煞强如状元及第"，在她的心中，"情"始终是摆在最重要位置，至于功名利禄，是非荣辱，统统可以不管。

然而，强烈追求爱情只是崔莺莺性格的一个方面。崔莺莺长期受到封建礼教熏陶，加上对红娘有所顾忌。因此，崔莺莺性格显得热情而又冷静，聪明而狡狯。

当观众看到崔莺莺"对人前巧语花言，没人处便想张生，背地里愁眉泪眼"，看到她有时一本正经，有时黠谲多端，有时又扭捏尴尬时，都会哑然失笑。

在《西厢记》中，作者王实甫让崔莺莺形象具有两种不同内心节奏，展示出她对爱情的追求，既是急急切切，又是忐忐忑忑。崔莺莺内心节奏的不协调，是导致她行为举止引人发笑的喜剧因素。

王实甫《西厢记》中的张生，也不同于《西厢记诸宫调》的张生。在王实甫《西厢记》中张生被去掉在功名利禄面前的庸俗，以及他在封建家长制面前的怯懦。作者突出地表现出张生是一个对爱情执着诚挚追求的"志诚种"，志诚，是作者赋予这一形象的内核。

张生是个才华出众、风流潇洒的人物，他出场时唱的一曲：

> 雪浪拍长空，天际秋云卷；
> 竹索缆浮桥，水上苍龙偃。

描述的黄河景色，充分表现出文采风流和豪逸气度。

不过，王实甫在塑造张生形象时，并没有把张生的才华作为表现重点，而是表现他一旦坠入情网，才子竟成"不酸不醋的风魔汉"，他痴得可爱，也迂得可爱。

王实甫《西厢记》剧中张生跳墙，是王实甫刻画他这一痴性格最为精彩的关目。那天晚上，张生应崔莺莺诗简之约，到了后花园，他知道小姐已经在隔墙，于是翻过墙去，一把搂着崔莺莺。

崔莺莺吓了一大跳，她没

有想到张生会跳墙过来，而且"角门儿"还开着，她惊呼："是谁？"这一下，约会便砸了锅。

张生接到崔莺莺请柬时，红娘受了崔莺莺的气，红娘拒绝再为他俩效劳的时候，张生感到爱情已经无望了。可是，当张生打开诗简一看，原来是崔莺莺约他幽会，他大喜过望，红娘与张生就有了下面一段对话：

红娘问他："怎见得着你来？你解我听听。"

张生解释："待月西厢下，着我月上来；迎风户半开，他开门待我；隔墙花影动，疑是玉人来，着我跳过墙来。"

据此，他便跳墙赴约了。

崔莺莺约会张生，却没有让他跳过墙来，是张生把诗理解错了。张生本身是个才子，不至于不会解释，他之所以会聪明一世，糊涂一时，是因为在绝望之余，突然受宠若惊，欣喜之情冲昏头脑，使他连诗也解错了。

由于张生解错诗，引发一场误会性冲突，大大加强了全剧喜剧性色彩。王实甫通过这样的艺术处理，把张生大胆追求爱情而又鲁莽痴迂的性格展现无遗。

还有红娘这个人物形象，王实甫让红娘经常把道学式的语言挂在

嘴边，在"拷红"一场，红娘坦率地把崔莺莺与张生的私情和盘托出，接着她又对老夫人说：

> 信者人之根本，人而无信，不知其可也，大车无輗，小车无軏，其何以行之哉！当日军围普救，老夫人所许退军者，以女妻之。张生非慕小姐颜色，岂肯区区建退军之策？兵退身安，夫人悔却前言，岂得不为失信乎？
>
> 既然不肯成其事，只合酬之以金帛，令张生舍此而去。却不当留请张生于书院，使怨女旷夫，各相早晚窥视，所以老夫人有此一端。
>
> 目下老夫人若不息其事，一来辱没相国家谱；二来日后张生名垂天下，施恩于人，忍令反受其辱哉？使至官司，老夫人亦得治家不严之罪。官司若推其详，亦知老夫人背义而忘恩，岂得为贤哉？

红娘这番话滴水不漏，完全说的是封建大道理。红娘拿起"信义"的大牌子，摆出维护封建纲常和家庭利益的样子，以冠冕堂皇的教条压住老夫人。红娘一下子抓住其弱点，击中要害，这"以子之矛攻子之盾"的一招，着实奏效，老夫人只好自认晦气。

作者在《西厢记》中从红娘胸有成竹和滔滔不绝的陈词中，从她一本正经地搬弄封建教条，实际上又是对它大胆嘲弄的过程中，让人们看到了红娘泼辣而又机智的鲜明个性。

《西厢记》能够在繁复的作品中脱颖而出，并且一直保持着翘楚地位，与它拥有这些鲜活生动的人物形象息息相关。

此外，《西厢记》经久不衰，还与它具有独特的艺术特色有关。这一方面表现在作者创造出来的一个个鲜活生动的艺术形象上，另一方面与它拥有的丰富戏剧语言特色是分不开的。

《西厢记》的语言艺术是无与伦比的，它继承了唐诗宋词精美的语言艺术，吸取了这些古典诗词的精华，又吸收了当时元代民间生动活泼的口语，经过提炼加工，博取众长，从而形成自身华美秀丽的语言艺术特色。

所以《西厢记》语言艺术既丰富多彩，又极有文采风华，两者完美结合，而且通俗、合律、

自然流畅，代表我国古典戏曲"文采派"语言艺术的最高成就。

《西厢记》最大的特点是语言艺术的丰富性，这部剧作包含着多种不同风格的艺术语言，又不留雕琢痕迹地融合为一体，浑然天成。《西厢记》剧作中有雄浑豪放的曲词，如：

雪浪拍长空，天际秋云卷；竹索缆浮桥，水上苍龙偃；东西溃九州，南北串百川。归舟紧不紧如何见？却便似弯箭乍离弦。可见九曲黄，一泻千里。

《西厢记》剧作中也有绮丽流畅的小词，如：

风静帘闲，透纱窗麝兰香散，启朱扉摇响双环。绛台高，金荷小，银镇犹灿。比及将暖帐轻弹，先揭起这梅红罗软帘

偷看。

这段话中，字里行间洋溢着诗一样的气氛。但剧中写惠明和尚的唱词却是另一种慷慨激昂的"金刚怒目"式，如：

恁与我助威风擂几声鼓，仗佛力呐一声喊。绣旗下遥见英雄俺，我教那半万贼兵唬破胆。

这是高亢激越，掷地有声的英雄誓词。剧本中也不乏幽默解颐的话辞，比如《拷红》第四本二折中红娘的一段唱词十分精彩，尤其是红娘十分俏皮的"供词"，逼真地表现了红娘绝顶聪明和老夫人的无奈，具有很好的喜剧效果。

《西厢记》在对环境气氛的描写方面也十分突出，剧中作者描摹环境，突出诗情画意，结合人物活动，达到情景交融的境界，堪称生花妙笔。

《西厢记》剧中展开情节冲突的环境是在僧舍普救寺，作者用诗一般的语言，将普救寺理想化地写成一个幽雅清爽，饶有诗意的胜境，如：

琉璃殿相近青霄，舍利塔直侵云汉。

寂寂僧房人不到，满阶苔衬落花红。

在这里，青霄的琉璃殿、幽静的僧房以及青色的苔、红色的落花，使男女主人公在这样充满诗意的环境中展开一段千古称颂的风流佳话。

再比如，作者在刻画人物性格感情方面，善于驾驭语言的天才得到很多读者首肯。如果我们仔细品读剧中有关描写人物的语言，便会感受到人物的至情至性无不一一凸显，令人有呼之欲出的感觉。

如在《西厢记》第二本第一折中，孙飞虎兵围普救寺，欲掳获崔莺莺做压寨夫人，众人慌作一团。崔莺莺则提出著名的"五便三计"，便是：

第一计是献身于贼，第二计是献尸于贼，老夫人皆认为不可。于是崔莺莺有第三计："不拣何人，建立功勋、杀退贼军，扫荡妖氛，例陪家门，情愿与英雄结婚姻，成秦晋。"老夫人认为此计较可，虽然不是门当户对，也强陷于贼中。

此时，张生在众目注视下出场了，他鼓掌说道："我有退兵之策，何不问我。"这一句"何不问我"有力地表现了张生的才智胆识，使人感到这位痴情书生并不是无能懦夫，而是临危不惧的勇士。由此，张生在众僧人和崔莺莺、红娘心中留下了美好深刻的印象。

在《西厢记》中，这种即景生情而又贴合人物个性的语言有很多。《西厢记》还善于对民间俗语吸收运用。纵观全剧，作者对文化修养高的人物，比如张生、崔莺莺多用文雅的语言，而对于文化修养较低，性格粗豪或爽朗泼辣的人物，如惠明和尚、红娘则多用口语俗语。《西厢记》作者善于学习并成功运用民间俗谚口语，是这部剧作语言丰富多彩脍炙人口的其中一个因素。

王实甫是元代文采派的杰出代表，其代表作《西厢记》堪称文采派的典范。这部作品在艺术上几乎完美无缺。"文辞华丽"是《西厢记》语言艺术的特色，这种语言特色是形成剧本"花间美人"风格的重要因素。

作者在剧中第三本第二折，又通过红娘之口正面写了莺莺：

> 则见他钗蝉玉横斜，鬟偏云乱挽。日高犹自不明眸，畅好是懒，懒。晚妆残，乌云彩掸，轻匀了粉脸，乱挽起云鬟。将简贴儿拈，把妆盒儿按，开折封皮孜孜看，颠来倒去不害心烦。

这折唱词以秀美的艺术语言刻画出崔莺莺外表懒散娴静，内心却对张生病情消息的焦虑和等待以及见到简帖后的喜悦心情。

可见《西厢记》剧本写人与状物一样，其语言同样不乏华美秀丽的特色，保持着"花间美人"的艺术风格，这些艺术风格在写其他人物，如张生、红娘、老夫人、惠明和尚等时也随处可见。倘若没有语言上这种五彩缤纷的娟丽姿采，"花间美人"就要黯然失色。

　　总而言之，《西厢记》的语言文辞优美、优雅自然，既借助诗词的格律性，又吸取了口语的自然，既化雅为俗，又化俗为雅，真正做到了雅俗共赏。

　　《西厢记》既便于观赏，又便于案头阅读。同时，它情景交融、寓情于景，充满了诗情画意，这在我国戏曲中是无与伦比的。正是这些杰出的艺术色彩构成了《西厢记》经久不衰的艺术魅力。

知识点滴

　　在《西厢记》里，王实甫把红娘放置在一个相当微妙的位置上。老夫人让她服侍崔莺莺，让她"行监坐守"，但是红娘心底对封建礼教对年轻人的捆束也感到不满，当她觉察到崔莺莺与张生彼此的情意后，便有心促成其事。

　　红娘愿意为崔莺莺穿针引线，她又知道崔莺莺有"撮盐入火"的性子，也有"心肠儿转关"的狡狯。

　　红娘只好处处试探、揣度，她照顾着小姐的自尊心、忍受着怀疑和指责，她要对付小姐，又要对付老夫人，担承着种种压力，却义无反顾为别人合理的追求竭心尽力。

　　而《西厢记》作者王实甫越写红娘"两下里做人难""缝了口的撮合山"在困境中巧妙周旋，愈能生动表现她机智倔强的个性。

倩女离魂

　　《倩女离魂》是郑光祖爱情剧代表作，他以浪漫主义手法和清新优美的曲文，细腻深刻描绘出一个反对封建礼教、力争自由幸福婚姻的少女形象，被人们奉为经典。

　　喜剧《倩女离魂》取材于唐代陈玄祐传奇《离魂记》，作者在《离魂记》再创作之后完善形成。《倩女离魂》，在人物形象、剧本内容等方面都显示出了高超的技艺。

　　《倩女离魂》突出成就在于继承《西厢记》现实主义成就的基础上，成功运用了浪漫主义表现手法，在《西厢记》以现实主义为主向汤显祖《牡丹亭》以浪漫主义为主的发展道路上起到桥梁作用。因此《倩女离魂》在我国戏曲史上的重大影响力是不容忽视的。

郑光祖改编创作《倩女离魂》

那是在唐代时期，关中地区有个叫张镒的人。张镒性情简淡好静，少有知音朋友，他膝下无子，只有两个女儿。长女早年夭折，幼女名唤倩娘，端庄美丽，无人能及。

张镒外甥王文举是太原人士，从小就聪明有悟性，貌美有风仪。张镒非常器重他，每每对他说："将来定当把倩娘嫁给你做妻子。"

后来，倩娘和王文举各自长大了，他们私下里彼此爱慕思念，家人却并不知道。

两年后，衡州官僚中有个官员向张家求亲，张镒就同意了。倩娘听闻此事，郁郁寡欢；王文举知道后也深

深怨恨，他随即托词说应当调任，向
张家请辞去京城。张家劝止不住，于
是厚礼相待地送走了外甥。

王文举与舅舅告别上了船，心中
暗暗悲怆。傍晚时分，船行水路穿过
山峦几重停在了数里之外。半夜里，
王文举正辗转难眠，他忽然听到岸上
有人赶来，步履匆忙，片刻之间就到
了船边。一问之下才知道，是倩娘赤
着脚徒步追来。

王文举欣喜若狂，他抓住倩娘的
手问她因何而来。倩娘泣声回答道：
"你的情谊是如此厚重，即便在睡梦里我都感应感谢。如今父亲将我
许给别人，强行改变我的意愿，而我又知道你对我情深似海不会轻易
改变，我前思后想唯恐你杀身殉情，所以不顾性命、舍弃了家人来私
自投奔。"

王文举听完喜出望外，欢欣雀跃。于是就将倩娘隐匿在船中，连
夜船行而去。两人加速赶路，不出数月就到了蜀中。

又过了5年，两人已经生了两个儿子，他们与张镒更是音信断绝。
倩娘思念父母，她常常对着王文举哭泣说："我当年不肯辜负你的情义，
背弃了礼仪伦常和你私奔。到如今和双亲隔绝分离，已经足足5年了。
可叹我活在天地之下却不能对父母尽孝，还有什么脸面呢？"

王文举听了，他也为妻子的话伤心，说："我们这就回去，再也
不必为远离双亲而痛苦。"于是夫妻二人一起回到了衡州。

等到了衡州，王文举独身一个人先到了舅舅张镒家中，为自己带走倩娘的事谢罪叩头。张镒诧异道："我女儿倩娘明明卧病家中已经好几年了，你怎么这样胡说呢！"

王文举说："你若不信，可以到船上与倩娘相见！"

张镒大惊，忙差家人去看，果然看到倩娘坐在船中，神情怡然欢畅，她见到来验看的家人，还询问说："我父母可否安泰？"

家人惊为异事，他们急忙跑回来告知张镒。此时内室中卧病多年的女儿听闻后欢喜地起身，梳妆更衣，笑逐颜开却不说话。这倩娘走出房中与从外归家的倩娘相遇，两人身形融为一体。

张家觉得这件事终究算是离奇不正，于是隐瞒不说，只有他们的亲戚才知道。

后来，没几年，张家亲戚中一人将这件事告诉了一个叫陈玄祐的文人，陈玄祐便将这件事写成了一本书，名叫《离魂记》。

到了元代，一个叫郑光祖的剧作家刚好读到《离魂记》中的这个故事，他觉得这是非常好的喜剧素材，就将这事加以改编，写进了戏剧中，创作出了千古不朽的喜剧名作《倩女离魂》。

《倩女离魂》被公认为是元代后期杂剧中最优秀的作品，是活跃于元代后期的著名杂剧作家郑光祖的代表作。作者郑光祖在《倩女离魂》杂剧中以其浪漫主义的创作手法、优美的曲文以及敢于反抗封建礼教、争取自由幸福婚姻的张倩女形象塑造，受到了人们的普遍喜爱和赞赏。

《倩女离魂》作者郑光祖，是元代著名的杂剧家和散曲家，他所作杂剧在当时"名闻天下，声振闺阁"。郑光祖一生从事于杂剧创作，把他全部才华贡献给了民间艺术，在当时艺术界享有很高声誉，其作品在民间广泛流传。

郑光祖与关汉卿、马致远、白朴齐名，后人合称为"元曲四大家"。郑光祖所作杂剧 18 种，以《倩女离魂》最为著名。

《倩女离魂》采用了"同时异地"的手法组织时空关系，也就是剧中处于不同空间里的主要事件，所发生的时间是相同或相近的，呈"叠合"状态。

先看《倩女离魂》剧情中折柳亭之别后，倩女痛不欲生，一方面怕文举分别之后另结新欢，想要追随王生而去。另一方面又无力挣脱种种礼节闺训的束缚，只得滞留家中，刻骨的思恋终使她魂体分离。

倩女的"魂"紧随王生而去常伴其左右，其"体"抱相思之病在家，足不出户。

知识点滴

反映爱情自由的思想内涵

　　《倩女离魂》是郑光祖爱情剧代表作，剧情是说：在唐天授三年，也就是692年，有一位官员叫张镒，他原籍清河，在衡州做官，所以定居衡州。张镒生性简素雅静，知心朋友不多。他没有儿子，只有两个女儿。

长女早亡，幼女名叫倩女生得端庄秀丽，风姿绰约，秀才王文举与倩女曾经指腹为婚。

　　王文举不幸父母早亡，倩女之母后来有了悔约打算，她找借口对王文举说，只有王文举得了进士才能成婚，想以此为借口赖掉这门婚事。

　　王文举为了倩女决定赴京赶考，倩女也十分忠于爱情，

她在柳亭与王文举相别之后，由于过度思念王文举，她的魂魄便脱离原身，追随王文举一起奔赴京城。王文举并不知道随同他一起赴京的是倩女的魂魄，他一直以为是倩女本人同他一起赴京。

后来，王文举考上状元后，他偕同倩女魂魄来倩女家提亲，倩女魂魄与身体合二为一，最终一对恩爱夫妻得以团圆。

《倩女离魂》全剧集中刻画了倩女追求婚姻自主，忠贞于爱情的形象与性格。在婚姻上，倩女决不轻易任人摆布，当她的母亲想要悔约，要她与王文举以兄妹相称时，她便知道母亲的用意，并表示了坚决的反对。

当倩女魂魄离开真身，追随王文举一起赴京的路上，王文举以为是倩女本人奔来，他怕倩女母亲知道并劝她回去时，倩女却果敢地说："她若是赶上咱，待怎样？常言道，做着不怕！"

王文举劝阻行不通，便使用礼教来劝诫倩女，原文是这样的：

王文举：聘则为妻，奔则为妾，私自赶来，有玷风化。

倩女更坚定地说：你振色怒增加，我凝睇不归家。我本真情，非为相谑，已注定心猿意马。

作者从这段对话的描述中，表现了倩女对封建礼教的反抗和鄙视。

《倩女离魂》一剧中，作者成功塑造了这个对爱情忠贞不渝，感情真挚热烈的少女形象。

"离魂"是我国古代的一种阴阳学说，也是《倩女离魂》剧中的主要情节，它表现了女主人公张倩女执着的性格倾向，也表现了她追求爱情、追求幸福婚姻的强烈愿望。这种愿望甚至能使灵魂摆脱受禁锢的躯壳而自由行动，精诚所至，超出人力所及的范围。

郑光祖的《倩女离魂》充分发展了这一情节，这使故事更加生动、更加具有艺术力量。郑光祖把倩女的躯壳和灵魂，分别作了比较细致的描写。

一方面，灵魂离躯体去追赶心爱的人，尽管经受了月夜追船心惊胆战的场面，经受了王文举对她的责难，始终不改初衷，坚持"我本真情""做着不怕"，终于遂了心愿。

另一方面，躯体却卧躺在床，悲恨绵绵，思念切切，经受折磨。作者运用这样的对比描写，增强

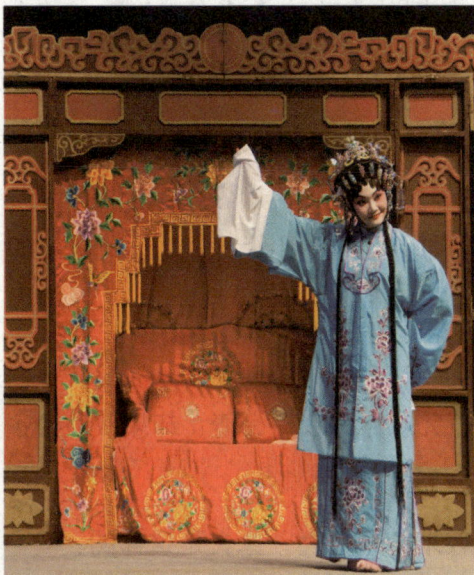

了作品的艺术力量。

我国古代封建婚姻制度完全排斥青年男女的爱情，他们的婚姻被以门第、财产和家世利益为转移的父母包办代替。

对于封建社会王公贵族来说，结婚是一种政治行为，是一种借联姻来扩大自己势力的机会。对这个机会起着决定性作用的不是个人的意愿，而是家世的利益。

因此，封建家长要求子女的婚姻不但要有父母之命，而且要有媒妁之言，否则，他们的婚姻便被视为伤风败俗、大逆不道。封建家长以此牢牢掌握子女婚姻的主动权，当事人自己则只能服从家长安排。

然而，控制越是厉害，反叛就越是强烈。到了元代，由于程朱理学的影响力有所下降，封建礼教的磐石开始松动，人们的思想价值观念也发生了某种变化。

尤其是广大下层百姓和蔑视礼教、反封建伦理的青年男女越来越多。在文学领域内，这种变化表现为随着俗文学的发展，涌现出大量表现人性的作品。

《倩女离魂》便是继承了这一思想的作品。这部剧作通过塑造敢于冲破封建礼教樊篱，大胆追求自由幸福的张倩女形象，深刻反映了封建礼教与封建婚姻制度对人性的束缚，歌颂了青年男女对自由幸福的热烈追求和反抗封建礼教束缚的斗争，揭示了婚姻问题上长期存在的父母包办和当事人自主之间的矛盾。

喜剧《倩女离魂》中王文举和张倩女，彼此相爱，但是因为遭到封建家长的专制而受到阻挠。张母以"门当户对"的家世利益考虑，以"三辈儿不招白衣女婿"为由从中阻拦。

而倩女并未屈从于家长的专制继续相爱，并进行不妥协斗争。倩女为了追求幸福，她大胆突破封建礼教的束缚，以"离魂"的方式来实现自己的愿望。

知识点滴

《倩女离魂》最后虽然以男主角王文举的功成名就作为大团圆结局，最终纳入"门当户对"的传统封建婚姻的范畴，但是作者在叙写主人公为争取这一美满结局的过程中，所表现出来的反对封建礼教和门当户对封建婚姻观念以及对表现青年男女追求生活幸福的主题思想方面是十分鲜明的。

正是这种正义、富有人情味的思想内涵使得《倩女离魂》这部喜剧拥有了感人至深的艺术魅力。

表现独特的艺术特征与价值

　　喜剧《倩女离魂》问世以来，它鲜活生动的舞台形象，以及浪漫离奇的情节，受到了当时江南各界人士的好评和认可，而郑光祖的《倩女离魂》则是对王实甫《西厢记》的继承和发展。

　　《倩女离魂》艺术特点主要表现在情节结构安排上，其最大特点是双层性。情节结构对于剧本文学来说，包含了形式和内容两个方面含义，这是舞台艺术最终能够取得成功的关键性因素。

　　在整个元杂剧作品中，郑光祖《倩女离魂》一剧的情节结构都具有迥然不同的双层性艺术特征，这主要表现在三个方面。

　　首先，《倩女离魂》剧本在大小事件的安排上有着双层性。对于大多数元杂剧来说，大事件只有一个，它往往就是剧末的正名，其余的都是小事件。小事件的存在价值始终指向大事件，或者为其产生做准备，或者为其遗留问题作总结。

　　郑光祖的《倩女离魂》杂剧则包含两个大小相等、骨肉均匀的中心事件，也就是倩女之魂对书生王文举的紧紧追随和倩女之体在家所受相思之苦。二者是一种对比映衬、相互彰显、相互强化的关系。

　　《倩女离魂》第二折中"魂"的随情而动，深刻揭示出倩女之体在封建礼教禁锢下所承受的精神痛苦。而第三折中"体"的卧病不起，

又形象凸显出倩女之魂对自由美好生活的强烈渴求。如果把其中任何一个弱化到小事件之列，都无法体现剧作家的创作主旨。

《倩女离魂》对事件的组织方法，类似小说中"花开两朵，各表一枝"的叙事结构，这种叙事结构不但明显地增强了剧情凸凹感与表现力，而且使剧情的叙事容量大大增强的同时，又保证了各个事件清晰流畅有条不紊地发展。

其次，在《倩女离魂》剧本的时空关系的组织上也有着双层性。杂剧受剧本四折一楔子体制的限制，最能体现元杂剧情节结构艺术特点的就是时空关系的组织。

纵观元代所有杂剧，都是以时间率领空间，空间只是事件进程中的一个又一个"点"，它完全被时间所"统帅"，它们之间的区别仅限于怎样"统帅"，以哪种方式"统帅"。

对于绝大部分元杂剧而言，基本上都采用了"异时异地"的手法组织时空关系，也就是一个时间点统帅一个空间，按照时间自然流程的先后顺序，构成完整情节。

这种变现方法反映在剧本体制上，具体表现为折与折之间、同一折内的各个事件之间有明显时间先后顺序，也就是排在前面的事件发生时间比排在后面的早。

《倩女离魂》作者省去了魂体分离的过程，直接呈现了分离后的结果。王文举赴京途中的第二折与倩女家中的第三折，显然，它们都是紧接折柳亭别后的事件，在时间上不可能存在先后顺序。

第三，《倩女离魂》突出成就体现在因果关系设置的双重性。在元杂剧中，剧中的前后事件之间有着明确因果关系，前一折是后一折的因，后一折是前一折的果；同时，又是后后一折的因，由此环环相扣，组成一个逻辑严谨的因果关系链，拿起它们中的任何一环，便可掇起整个剧情。从这个意义上说，由因果关系的设置也能看出剧目情节结构的艺术特点。

大部分元杂剧都只有一条因果关系链，而《倩女离魂》，由前面的分析可知第二折魂的紧追慢赶与第三折体的疾病相缠，都直接源于

第一折中男主角王文举的辞别进京。

这中间由于作者省去了倩女魂体分离的过程，直接呈现的是分离后的结果，剧情也相应地在同一时间内的两个空间上相对独立展开，而且各个空间上发生的事件几乎没有因果关系的瓜葛。因此，《倩女离魂》的剧情是由共首共尾的两条因果关系链组成的。

一条因果链条，虽然容易使剧情线索一目了然，情节发展迅速明畅，但多多少少有单调平面之感，难以满足高水平观众精微繁复的审美需求。

《倩女离魂》所设置的共首共尾的两条因果链，则不但保持了剧情的发展"如孤桐劲竹，直上无枝"的紧凑性与迅时性，而且又使其不失摇曳多姿、跌宕起伏的丰富立体感。可以说《倩女离魂》在不同

层次观众的审美需求中找到了一个"雅俗共赏"的平衡点。

《倩女离魂》这一"双层性"艺术特征，其背后支撑着深厚的文化意蕴，并对后世的昆曲等创作产生了深远影响。

活跃于元代后期著名杂剧作家郑光祖的代表作《倩女离魂》，被公认为是元代后期杂剧中最优秀的作品，它在思想内容、人物形象、艺术手法等方面均显示出与元前期优秀爱情剧《西厢记》之间存在着较明显的继承和发展关系，其对后世京剧发展也有重大影响。

虽然，《倩女离魂》和《西厢记》两部剧作最终都纳入"门当户对"的传统婚姻范畴，但在反对封建礼教和门当户对的封建婚姻观念、同情和歌颂青年男女追求生活幸福的主题思想方面，是一脉相承的。

从主要矛盾来看，两部剧作都描写了封建时代青年男女出于真情实感的爱情，遭遇封建礼教的禁锢和"门当户对"婚姻观念阻挠的痛苦，作者都以同情和赞扬的态度叙写了主人公敢于追求、大胆反抗的勇气。只不过《西厢记》中崔莺莺所面对的阻力是多方面的，而《倩女离魂》

中张倩女所遭遇的阻碍主要是门第观念。

此外,《倩女离魂》部分情节对主人公内心活动的描写也继承了《西厢记》。最典型的是崔莺莺"长亭送别"张生,张倩女折柳亭送别王文举,及其魂魄月夜追赶王生的情节,作者都通过女主角的唱词,刻画出她们痛苦而复杂的内心世界,既表现她们深挚相爱、难舍难分别离之情的痛苦,也流露出她们对爱情生活前景的担忧。

就崔莺莺与倩女对传统礼教的叛逆精神而言,后者也明显继承了前者。同时,倩女的反叛表现得更为果敢、坚决,这又是对崔莺莺形象的进一步发展。

虽然从《西厢记》到《倩女离魂》,在主题思想、戏剧矛盾、人物形象等方面,后者明显继承了前者。但是,作者并不停留在前人基础上,而是就《西厢记》的艺术手法方面作了新的发展与开拓,给人

以耳目一新的感觉。

《西厢记》的创作方法基本上是现实主义的，只有第四本第四折"草桥惊梦"的情节显示出极为有限的浪漫主义的尝试。

《西厢记》描写张生与崔莺莺长亭分别之后的当晚，张生梦见崔莺莺夜半私奔而来，从而塑造了一个与现实不同的、从消极等待变为积极掌握幸福主动权的崔莺莺形象。但这仅仅只是张生梦境中的崔莺莺，不可能更进一步地表现出崔莺莺对自身命运的抗争，因此只是一种浪漫主义的尝试。但是我们却可以从《倩女离魂》中看到这一浪漫主义尝试对后人的重大启示。

《倩女离魂》正是在《西厢记》"惊梦"的影响下，运用现实主

义和浪漫主义相结合的方法，把《西厢记》长亭送别之后崔莺莺一味消极等待的情节改用魂游与卧病的两种情境来写，把消极的等待与主动的追求结合在一起，把现实与理想结合在了一起。

郑光祖在《倩女离魂》中巧妙构思了两种情境，从不同角度展示封建时代青年女子在礼教压抑下精神的痛苦。作品第二折集中写生活在幻想天国里的倩女之魂，她代表了青年女性对爱情婚姻的渴望与追求，它以灵魂离体这一闪烁着浪漫主义光彩的奇妙构思，塑造了一个超越现实的倩女形象。

《倩女离魂》女主角倩女在"离魂"的状态下，倩女可以不受现实中任何束缚、大胆冲破礼教观念等一切阻碍，与自己的心上人私奔。这是封建时代丧失婚恋自由的青年男女渴求爱情幸福理想之光的灿烂放射。

《倩女离魂》第三折叙写现实生活中的倩女由于身受礼教的重重

禁锢而丧失追求幸福的主动权，只能卧病在床，茶饭不思，精神恍惚，忍受离愁别恨的煎熬。

因此，《倩女离魂》在继承《西厢记》现实主义成就的基础上，大胆采用积极浪漫主义的创作方法，不但进一步发展和升华了《西厢记》的主题思想，而且把主要形象的反抗性格刻画得更加鲜明，也使戏剧情节更具新奇动人的魅力。

《倩女离魂》在几个重要方面对《西厢记》有所继承、发展，成为元代后期一部不可多得的优秀剧作。

知识点滴

虽然《倩女离魂》继承了《西厢记》的诸多写法，但两者间也有很大不同。

《西厢记》由于突破了元杂剧"一本四折"的体制规范，以长达5本21折的篇幅叙写崔莺莺和张生故事，有利于情节的充分铺展和进行更深入细致的描写，因此情节曲折，冲突不断，戏剧效果强烈，突破了由主角一人主唱的规范，有利于展示和刻画更丰富的人物形象。但是，《倩女离魂》则严格遵循了杂剧"一本四折"及主角一人主唱的体制规范，篇幅有限，不利于更细致的情节描写和更丰富的人物形象刻画，而是以更集中的矛盾冲突来刻画主要形象和表现主题。